# 馆子

Where You And I
Become Us

贺伊曼

著

四川文艺出版社

果麦文化 出品

每一个出色的小说作者，都是从找到自己的语言起步，很显然，贺伊曼出手就做到了。假如只能用一个词来形容她的语言，我会选择：温柔。

倒也不意外，这样的小说，该当出自这位久立吧台前，常年迎来送往着酒肉众生的年轻老板娘之手。或许那间真实存在的"馆子"，才是这些小说的本体，一双隐形触角从杯间桌底悄然而生，正是她侍奉的语言——不犹疑，不审度，不追究，忘我地潜游于昼与夜之间，肩头与吻痕之间，开不起的玩笑与逆流的泪之间，看似点到为止，实则紧贴胸口，倾听着被其他在场者忽略掉的那一下心跳，也只有真正温柔的人，才配倾听的心跳——而温柔本身就是最大的天赋。

郑执

## 写在前面

  这是2018年至2020年间写下的六个东西,在此之前,我已经八九年没写过小说。没写是因为当编辑以后看见太多天才型选手,面对自己天赋的缺失露怯了,不仅想掩盖,还想嘲讽。这几年重新开始写,并非技巧有所长进,而是终于学会不害怕露怯。不爱自己的人很难用带着爱的眼神审视自己的作品,我找到了问题根源,正学着与其和解。

  事实上写就是写,人类避不开将混沌思绪具象化的天性,用语言,用战争,用艺术,我仅想选用一种不伤害他人,没有观众也不要紧的方式,书写而已,谁也不应该剥夺我手与脑的权利不是么,哪怕是我自己。

有段时间，我和故事里的人物一样，盛产各种无以名状的情绪。那时发现阅读拯救不了我，冥想和运动不能，工作和社交更是白搭，唯独写出来却有那么一点作用。哪怕不给任何人看，只存放于电脑中，它们也和心绪一起仿佛有了去处。这些包含了我的个人经验，却又越过它们自然生长的故事，有另一个世界吧？在那个世界，即使是如抽屉般狭小的落脚处，宁静也愿意降临。

"馆子"是我开的餐厅的名字，用作书名是因为不想抽出某篇取其同名，不想侧重于六篇中的任何一篇——它们在某个时期对我来说同等重要，同样在完成后被我很快忘却。随即想到这个似乎没有意义但可以赋予很多意义的词，一个似乎永恒中性的词，有种万象静纳其中的空间的力量。我喜欢中性，也喜欢永恒，虽然对后者的向往带给我极大痛苦，虽然伤痕累累，我仍无法否认其迷人之处。

说没有被永恒迷惑过的人，都是骗子。那之后有人选择走近心理学，靠近宗教与玄学，有人找到信仰，有人倚仗艺术与创作。

这么说来，书写可能是企图创造永恒的自大行为之一吧。

这么说来，书写也的确是一种信仰。信仰意味着它之于当事人的意义永远比旁观者多得多。

是的，我所写的这些，于我个人的意义一定比任何人多得多。

对我来说，写小说是搭建可以哭泣的房间，而悲伤自由简直是人类的至高自由——综上所述，你应该明白我为什么写了。

至此，如果你仍然愿意往下看的话，谢谢你，欢迎光临。

贺伊曼

# 目　录

你那里信号好吗　　　1

迁徙　　　58

不如我们匍匐前进　　　94

中年天使　　　127

绿洲　　　174

像行星无法停留　　　215

# 你那里信号好吗

收到韩裴的信息时,我正坐在导演的车里帮他把粘在毛衣上的细小羽绒一根根摘掉。手像扫雷的探测仪一样侦查完他的右臂,移位到前胸,再一点点往下走,最终停在微微隆起如折叠丘陵的腹部上方,在那个地方使劲儿戳了一下。

"哎,干吗呢。"他腾出一只手捉住我摘羽绒的手,力气大得很。正经不过半秒自己先笑场了,减了一半的力用指节揉搓我的手背,"你是不是多动症?让我好好开车。"

"手动粘毛器呀!不觉得我贤惠嘛?"我掰开他的手,抽了张纸巾,把已经团成一小撮的碎羽绒包起来。没地方扔,只好一直攒在手里。末了又抓住他的手放回我手上。"握紧。"我说。

"贤惠？哈，你觉得我是图你贤惠才喜欢你的？"导演轻笑一声，尽管单手开车也能做到目不斜视。

哦，贤惠确实不该是属于我的形容词，我想。他家里想必有另一个女人已经充分阐释过什么是真正的贤惠，这不是能让他感到珍贵的品德。我侧过头，盯着覆上一层水汽的玻璃窗，伸手抹了两下——不知道能在上面写些什么。小时候还挺喜欢在车窗上画一些脚印、爱心之类的图形，年纪再大一点会写几个字，也莽撞地写过心爱之人的名字。现在呢，面对结着水汽的玻璃，如同面对沉默的陌生人，无法再顺畅地表达当下内心所想——总不能真的写上"导演究竟喜欢我什么呢"这样过分直白的发问吧？虽然它确实困扰我许久，但一旦问出口便有被视为愚蠢的可能。交往过的那些男人，他们总说："真不知道你们女人都在想什么。"用那种散漫高傲的、缺乏认真却充满不耐烦的语气。相信他们也这么说过其他依恋着他们的女孩。但其实他们知道自己真正关心什么吗？

我点开微信，看见韩裴半小时前在已经很久没人说话的群里发了张图，后面紧跟一个"？"。图片刷新半天也没显示出来。

"为什么高架下信号总这么差？"我抱怨起来。扭过头盯着导演，他神情自若地开着车，仍然目不斜视，也没回答我的自说自话。我低下头继续盯着那张没加载出来的图片，脑中也仿佛有什么一时间无法加载。音乐播放器在没有网络的情况下会离线播放以前加载好的曲目，大概我此时也在离线播放中。过去某个时刻思考过的事，像缓存过的歌单因网络信号中断而自然而然地冒出来。

"是不是女人到最后都会变成那种，除了贤惠以外好像什么特长也没有的人，如果一旦喜欢上谁的话？"我的喃喃自语几乎都是如此生成的。

导演仍然没有回头看我，但把大手移到我肘部上方的手臂处，抓了抓，像徒手测量哑铃的直径。之前每次试图安慰我时他都会这么做。他用柔和但一本正经的口气说："但我可不希望你变成那样哦，你不用变成那种贤惠的女性。"

我很轻地"嗯"了一声。

"一会儿下高架，把你放在茂名路路口，你自己走过去行吗？开会都等我呢。"

还没来得及回答，信号恢复了。韩裴发的那张图片加载了出来。看清图片里内容的一瞬间，我猛地从椅背上弹起来，甩掉导演的手，呼吸因卡在胸口的安全带而变得急促。

"怎么了？"导演问，终于把头扭了过来。

我举起手机给他看，手有点抖。

"这人是谁？"他一边开车，一边花了一会儿时间才看清楚那张微博截图里的文字。

"这人是谁？"他又问了一遍。

"我一个朋友，以前一起在101写剧本的……哦，101是那时候工作的别墅……你说，这话是什么意思？"我把手机揣在手里，反复看上面那段话，心跳剧烈。有点像那些不知道究竟因为生导演气还是生自己气而整夜失眠，第二天仍要早起开工的日子。心脏因供血不足，变得像一只企图脱笼的麻雀，隔着薄薄一层膜，手放在胸口附近就能感受到它一次又一次激烈的振翅。

导演把车停在路边，看我的眼神变得严肃。"我觉得你应该去问清楚。"

"其实我们真的挺要好的，但我是不是从没跟你提过她？"我很小声地确认，导演没有回答。

我像从笼中把吱喳乱叫的麻雀掏出，将顺它的杂毛一样抚平自己的心跳,然后找到温妤的电话拨出去。

没人接。我犹豫了一下,打给韩裴。

漫长的等待。终于有人说话了,不过是韩裴遥远的带着哭腔的声音:"晓清,温妤没了……"

挂断电话后我像被钉在车里。导演的车仿佛是泊在岸边不知何时能接到出海讯息的船,在水上轻微地摇晃。某个瞬间以为这条船被遗忘了,或者因为远离通信中心而和大部队失联。没有雨也没有风,但不知道哪里在晃。我点开我们四个人的微信群,韩裴、梁肖、温妤、我,没有人在那张图片和问号下面回话,和这两年间大部分时候一样,群里安静得像旷野。只有那张图片里疑似是温妤定时发送的微博(发布时间是她的生日),像旷野里不知哪来的风,裹挟着沙砾,在每个人的心头打磨着。

不到十人关注着温妤的微博,那简短的遗言因此更像一封定点投递的远方来信:

不怪任何人,是那个叫温妤的人害死了我,请我爱的你们别为我伤心。虚弱的我也是坚强的我,我为自己负全责。

在店里再次见到韩裴时，她穿着一件黑色羊毛大衣，自然卷导致的无比蓬松的长发被格纹围巾包裹着。牛仔裤，帆布鞋，两年前我们还当同事时她冬天就爱这么穿。那件羊毛大衣我见过，还问她要过链接来着。梁肖没和她一起来。

近两年没见了。上次见面还是餐厅刚开业时，我邀一些朋友来玩，说是开业趴，其实是为了攒人气撑场面，请大家喝几杯酒，他们发朋友圈帮我宣传一下。很多人带了礼物，温好送了我一个北欧设计师做的摆件——她的品位一直很好，没人不喜欢收到她送的礼物。等到韩裴和梁肖来的时候，他俩递给我一小盆被透明塑胶带包着的发财树，寒暄了什么我已经忘记，就坐了一会儿，什么酒也没喝，没多久说梁肖过会儿还有演出，先走了。那时候梁肖已经开始在上海的一些小酒吧里尝试脱口秀表演，朋友圈里刷到过信息，但我一次也没去看过。

韩裴选了张角落的小桌子坐下，大衣脱掉后里面是件松垮的黑色针织毛衣，袖口处起了很多毛球。我拿菜单给她，问喝点什么，她翻了两页，说就喝水吧。我示意店员给我们两杯特制的金汤力。所谓特制，就是里面金酒用我平时喝的最贵的那种。

"生意还好吗？"韩裴四下看了看，像初次观摩。

"还行，应该比写剧本挣得多点。"我的视线无法离开她袖口成群的毛球，那些小玩意儿仿佛长在我的眼睑上，刺得我很难受，想帮她摘掉。

"温妤妈妈这两天有点手忙脚乱，目前我在帮她联系几个温妤的同学，追悼会要做的准备很多，需要人手。"韩裴用一种几乎平静的语气说着，眼睛却在灯光下诚实地渗出星星点点的雾气。

我不知道要说什么。

顿了一会儿她问："你要不要一起帮忙？"

"我能做什么呢？"我脱口而出。

"随便做点什么啊！"韩裴瞪着我，"随便做点什么不行吗？"

她忽然低下头捂住嘴巴，痛哭起来，刚才的冷静很快就被摧毁。

这是接到温妤死讯的两天后。我相信韩裴和我一样，还无法接受这件事的真实性。那天韩裴和梁肖把车开到温妤家楼下，抬头看见温妤房间所在的八楼房间还亮着灯，内心里有过片刻的松弛，然而后来他们再也没敲开那扇紧锁的门。最后是小区保安告诉他们中午救护车就来过了,拉走16号楼的一个女生,已经没气了。那天夜里我接到韩裴的一个电话,她哭到话不能说连贯,说一开始他们连去哪家医院找温妤都不知道,最后是刘联系上他们,温妤最后一条微信是发给刘的,也是他报的警。他们和温妤妈妈差不多同时抵达医院,那时温妤已经在太平间躺了七个钟头。

接到讯息那天我把导演留在家里不让他走,抱着他哭到半夜。哭的时候,我感到全世界能理解失去同龄好友痛苦的人寥寥无几,这令那份悲怆感又增加了几分。导演等我睡着以后才回家,他说,除了让我哭足够多的时间,他也做不了什么。他还说,虽然悲伤本身各不相同,但人面对悲伤所做出的行径却大同小异,无非是静等那颗被难过填满、像整盒冻硬冰激凌般的心,经过时间的软化,内里的物质被一勺一勺挖出、吃掉、清空。当它重新变回一个空的盒子,冲洗干净后便可以放点什么进去。

我鼻腔里感到酸楚,但大白天当着员工的面不想再哭,于是递了点纸巾给韩裴。好像不久以前我们的关系还是倒置的,常常是她把纸巾递给我,或者帮我把捋得皱巴巴的袖管规整地折叠好。但是这个不久之前,也实在有些遥远了。

韩裴哭了一会儿，用纸巾把眼泪鼻涕擦净，稍微冷静下来。"你负责订花圈吧，去问问谁想送，周五一早追悼会，赶在那之前都确定好。"

"好。"我迅速地回答她。我俩互相看向对方，这种能看见彼此眼眶里闪着泪光的时刻并不多，尤其这两年，我们根本没有这样面对面看过彼此的眼睛。随后我们几乎同时低下头，搅拌手边的金汤力并嘬了一大口。

过了一会儿，我很小心地问她："是……跳楼吗？"

韩裴收回看向我身后某处的视线，有些难以置信地看着我说："你觉得，她会做这种，影响其他不相干路人的举动吗？"

"你不要敏感，我就是问问。"

"她有很多安眠药，"把金汤力喝完，韩裴嘴里还咬着那根吸管，"我发现的时候从她家偷偷拿走过一些，让她不要再同时放那么多在床头，就算是为了我们，为了她妈妈，别放那么多，不要给自己想不开的机会。"

"这些我都不知道。"

"因为你有阵子不联系我们了，微信也不大回，大家都觉得你可能太忙了。"

我从鼻腔里发出局促的笑声。开店确实还挺忙的，也忙着经营一场不光明的恋爱。至于韩裴和梁肖，那些事发生以后，我刻意躲着他们很久了。我和温好见过为数不多的几次，她总在试图挽回我和韩裴之间的关系，但往往因我反应冷淡而不得不开启其他话题。我们都聊了什么呢？在我离开那间别墅之后，我和温好的几次见面，我们都聊了些什么呢？在我仔细回想时，韩裴和我之间出现一段空白的沉默。

"梁肖还在搞脱口秀啊？"为了缓解尴尬，我硬找了话题。韩裴和我的视线再次交会，今天似乎是这两年以来我们最密集观察彼此的时候。"帮你再倒一杯？"我起身把桌面两个空杯收掉。

"不用了，就喝水吧。"她说。

我给自己续了一杯，这两年酒量大增，不分昼夜随时都能喝。坐回去时韩裴说："他晚上有演出，你来看吗？"

"不去了吧，"我想也没想，"顾店呢。"

"嗯，有自己的事情忙忙确实挺好。"

"你还在写剧本啊？"

"嗯，陆陆续续接了一些项目，也想过做点别的，但手头上持续有活，就一直写着了。"

"老叶还给你项目做吗？"

韩裴皱了皱眉,什么也没回答,但表情更像是没听懂我在说什么。

老实说我没多想就问了,但我打算解释一下。"那之后他找过我,但我没空写了。我以为他还会找你,毕竟以前数你写得最好。"

韩裴再次用难以置信的眼神看向我,像是看一个从路边跳出来、非要说是你小学同学的陌生人。她将视线移至桌面,再转过来时眼中已经有些涣散的倦意:"你不会至今都不知道这个人对我们做过什么吧?"

她语速湍急,使我感到一丝不快。我又有什么错?

"你至今也没跟我细说过啊?都是温妤跟我讲的。"

"她怎么跟你说的?"

"说你被老叶留下来改稿,后来他突然抱住你什么的,那天我有点事没看手机,再联系你时你就说没事了。最后梁肖不是过去找你了吗?"

"温妤还说了别的没?"提到温妤的名字,她的声音柔和了一点。

"没,她让我关心关心你,多跟你聊聊天。但没多久我就发现你和梁肖在谈恋爱!"

韩裴没说话。

"我什么心里话都告诉你们,你转头背着我跟梁肖在一起,我能受得了吗?"

"我没打算背着你,也没打算偷偷摸摸的,那次是他帮了我很大一个忙。"

"我有一句讲一句,一个人要是真喜欢谁,当事人不可能感觉不出来。101所有人都看得出来我喜欢梁肖,也都看得出来老叶偏袒你,什么项目都找你先过一遍,我和梁肖跟着执行就对了。这点你不可能感觉不出来。"我瞟了瞟韩裴,她脸色不大好,但我还是想说。

"叶炜民喜不喜欢我,和他后来对我做的那些过分的事没关系。"韩裴的语速变得非常缓慢。

"既然知道他对你有意思,就不要留下来独处啊。"因为他资源多,不拖款,我们才一直跟着他写,我以为这些大家心里都有数。

"我不太想说了。"韩裴的声音逐渐变轻了。她连虚弱也散发着一种松弛的美,那种我曾经想要模仿——和她穿差不多的衣服、化差不多的妆容,细细观察、练习——却无法复制粘贴的美。我猜不到那晚赶去英雄救美的梁肖,看到虚弱的她时内心会生出怎样的怜爱。

老叶,梁肖,大部分男人可能都喜欢韩裴这样的女人吧。尽管她有一天不知因为什么而变成了毛衣上长满毛球的女人,梁肖还是愿意和她生活在一起。

"男的就喜欢犹犹豫豫,半推半就。"我正嘀咕,韩裴猛地站起来,桌子被身体推移了一大截,摩擦地面发出刺耳的声音。店员和几个客人都看向了这里。她嘴角动了动,抱起大衣说:"我要走了。"顿了顿扭过身,"花圈的事你负责搞定吧,预订的钱我会先打给你,你问每个人要到钱之后再给我。"

我把桌子推回原位,身体仍固定在椅子上,没有起身也没有看她,眼睛直盯着对面的墙壁。"我就知道,再见你一定要闹不愉快,不是因为这件事就是因为别的事,不是因为梁肖就是因为别的什么人……所以我才不主动联系你们,虽然我也很怀念从前……但我们永远不可能再回到那时候了。"要不是因为温妤,要不是因为她……想到温妤我停了下来,她一定不想看到我们这个样子。

韩裴的背影顿在门口,手放在门把手上,转身说:"顾晓清你知道吗?作为朋友,你从来不会设身处地为别人想一想。你不能理解我,不过就是被一个男的骚扰了,心里怎么就过不去了,我也一样理解不了你怎么可以活得这么任性这么自私。"

"但你这样也没错,没什么问题,感谢你的酒。"她没做任何停顿地推门离去。

"我们不打算继续在101做了。不做了。"

两年前的夏天,不是商量而是被通知了这个结果,令我无法接受。至于吗,我想。一个中年男领导,因为喝了酒,对漂亮女下属展露一些出格的举动,最终也没有真的得手。酒精迷情,谁都有上头的时候,加上男同事的警告,他下次铁定不会再犯了。何况老叶一直对我们不错。他是编剧界的前辈,我和韩装、梁肖从毕业后就一直跟着他写剧本,在法租界一套租来的别墅里自由办公。我们有过很好的时光,像一些讲述友情的电影里拍的那样。那时行业发展正劲,开发一些情景喜剧和网络电影得到的项目分成相当可观,同龄人艳羡而不及。我们三个大学就是同系,温好是后来被老叶招进来的,她在英国读哲学硕士,比我们大两岁,被我们戏称为留学精英。行走的名牌衣架是我第一眼看到她时产生的刻板印象,后来相处下来,她竟也没违背原本的精致人设,将优雅和高效贯彻始终。做项目时我们四个最为合拍,各持擅长的部分:我负责制造剧情冲突和提供新奇桥段;

温好是塑造人物的高手；韩裴以填充细节和对话见长；梁肖逻辑缜密，把控节奏和执行力都是一流。老叶总是放心把工作室的重头项目交给我们几个。

那毋庸置疑是一段开心的日子，在那间别墅里一同吃外卖、讨论工作，老叶的酒柜常常被我们喝空，没多久又会被补齐。在他的引导下我对威士忌和金酒如数家珍（谁能想到他有一天喝多了会做出那样愚蠢的事呢）。喝到状态，挖掘彼此身上的故事转头写进剧本里也是常有的事。

关于创作，不像他们几个，我其实没什么野心。但当自己写的剧本被筹拍、拿到可观薪酬时，我觉得做这一行可真没选错，虚荣心和物质都能被满足。未来貌似遥远，天赋、努力、运气，总体来说都不算差。除了喜欢梁肖却不敢声张以外，那时我感觉生活似乎一切都很顺遂，也以为可以这样维持很久，甚至想象不到还有年轻人能比我们过得更好。

我提议未来一起开个酒吧，不管赚不赚钱，我们几个能每晚扎在里面开开心心喝一杯，就行。他们说好啊。

两年前行业开始不景气，业内人讨论凛冬将至，如果做不了靠谱的大项目就不如发展点别的。四分之三的影视公司受到重创，项目锐减。老叶手头能接到的活也一下子变得寥寥，好几个项目推进半年后无疾而终，尾款也没结。那会儿我又跟他们三个提过一次开店的事，觉得作为副业说不定可以搞搞，但没能像以前那样得到积极的回应。韩裴本身对餐饮业没什么兴趣，她想把主要精力放在剧本创作上，还期盼着行业迎回第二春。梁肖则一门心思都在写小说和喜剧段子上，小说也是和喜剧演员有关的故事，没剧本可写的时候他都在 Youtube 上看国外的脱口秀视频。事实上，我对脱口秀这个领域一点了解也没有，提到喜剧我只看过郭德纲。但一方面不想在他面前表现得无知，另一方面也因为确实没有特别强烈的兴趣，因此关于他喜欢的脱口秀到底是怎么一回事，他又是为什么迷恋上的，当中的细节我从没进行过深入的追问，只打开过几个他微博上分享的视频。那时候我相信他未来并不会真的从事这个小众工种，这甚至还没当小说家来得靠谱。

至于温妤，烟火气向来和她无关。她是那种和我们去菜市场，会对老板最后附赠香菜和小葱的行为发出惊叹的温室女孩。但她又具有柔软细腻如高档蚕丝质地、不得不精心护理的内心。那时她已经在服用医生开的抗抑郁药物了。问起诱因，她只说是长期失眠引起。至于为什么失眠,她解释自己天生如此,很难忘记过去曾经存在过的感情、产生过密切联系的人,即使他们早已从她生活中消隐,如玉米苞叶与本体的剥离,她仍然无法自持地嗅着空气里未散的余味度过此后的每时每刻。夜晚更是大量回忆涨潮的时段,腾不出任何一小片干燥的空地以供睡眠。

她的形容很文学。我帮她简单粗暴地概括过——归根结底太矫情——当然遭到她的反对。

"你活得太精致了,敏感脆弱,像个易碎品。和你比起来我们外来打工妹过得那是相当粗糙!"我很喜欢笑嘻嘻地抱住她,根据她头发缝隙里的香味判断她当天用了什么洗发水,"你怎么能这么香!"然后向她讨要那些我听都没听说过的小众品牌。

她说那些抗抑郁药片还是有些效果的,我信以为真,有时还建议她:"不要一直吃了,药有副作用的吧?能自己调节的就靠自己,你就是想太多。"

现在想想,说出这种话的我根本什么也不懂。

我们陆续从那栋别墅离开。我向父母借钱开了店。也是从那个时期开始,我逐渐和从前的圈子疏离,用一种全新的身份在餐饮界启程。陌生领域带来新鲜的人脉和挑战也令我无暇怀旧。像面对毕业季到来,某个时期和与其相应的生活方式被鲜明的逗号分隔,接下来的章程一旦翻开,便只能像按下播放键的音频那样无休止地持续下去。

"最近大家还好吗?"温妤时不时在群里问。

她有些像那个积极的逗号,总希望承上启下地连接些什么,帮我连接两段不相干的生活,或试图把韩裴和我断裂的感情重新修补起来。但她不知道,那时的我,自以为真的开启了一段了不起的征程,认识了正在为热门舞台剧做巡回演出的导演,也认识了很多别的人,在连轴的社交中顾不上与旧友寒暄。我很少再问她过得好不好。

我从温妤微博的关注列表里找到她的前男友刘,发私信问他是否打算赠送一个花圈。他很快回复我,留下了电话号码。时至今日,我突然意识到过去对温妤的了解更像阅读一份简历,她取得的成绩、基本的消费习惯……一些物理的既定表象。那个被高档蚕丝面料包裹的柔软内里究竟长什么样,当我努力回忆时,颅内变成一页空白的浏览器。

我约刘下班后见一面,他说下班比较晚,九点后可以腾出一个小时,再晚要回家陪女友。我见过刘两次,那会儿刚认识温妤不久,他来101接她下班。还有一次见面是在茶餐厅夜宵。我记得他身形纤瘦,却喜爱穿成套的廓形休闲西装,松垮得像藏了风在身上。烫着一头时髦的、属于年轻人的卷发,戴没有度数的框架眼镜,扮相和他服装设计毕业的履历相当契合。眼窝浑圆立体,看人的眼神直接干脆,不带任何犹豫和闪躲。他是温妤在英国读书时隔壁学院低一年级的学弟。我对这种精心装扮自己的男生总会多观察几眼,却不知道要和他们聊什么。感觉韩裴和梁肖也与我有同样的感受。那种仿佛为了追求视觉上的美感而愿意付出全部精力和热情的年轻人,似乎也很难让他理解我们所属的行业——和时装比起来,文字行业可能有点过于朴素了。还好刘也不怎么需要我们寒暄,他主动摸出身上的硬币变了几个有些俏皮的魔术。

"我们第一次在饭局上见,他也给我变魔术了呢,突然靠近在你耳边打响指那个,我才会记住他的。"温妤在一旁笑眯眯地说,表情像在品尝一块奶油蛋糕。

"竟然不是因为我的脸才印象深刻吗?"刘语气里的惊讶听起来像玩笑,也带着一丝认真。

年轻男孩。我和韩裴对视了一眼,在彼此的眼神里看出对方心里的判断。很难界定天真还是幼稚的属性更多一点,原来温妤喜欢这个类型。

我们三个,温妤总是更喜欢吃夹心饼干,红茶要加奶和糖;韩裴是苏打饼干爱好者,喜欢配一点咸香的金枪鱼酱,中午之前喝美式,下午改为中式茶;而我其实来者不拒,没什么好挑剔的,也没有特别钟爱什么。如果硬要说我们三个有什么本质上的区别,味觉习惯是我能想到最直观的判别方式。

刘出现在星巴克的时候,我差点没认出来。他穿了合身的衬衣和一件薄款羽绒服,头发短到被毛线帽全部包裹,辨认不出发型。他在长乐路写字楼里的一家投资公司上班,刚入职不到三个月。记得温妤说过他家是做水龙头生意的。

"也就先混一两年,摸摸行情,了解一下新型创业都是怎么操作的。"他指指脑袋说,"见客户连帽子都不能戴,我大概有八十顶帽子吧,都只有下了班以后才能戴。"

"一个每天偷偷在包里装不同帽子上班的男人。"在我还没说话之前,他先自言自语地给自己下了定义。

"听起来很像魔术道具啊。"我说。

"什么?"他像没听清一样,"哦,那作为道具太大了。我很久没变魔术了。"

我盯着他点的果汁包装上"提供每日必需维C"几个字,问:"温妤在英国还有什么要好的朋友吗?要不你来通知一下,或者你把他们的联系方式给我也行。"

"该知道的都知道了,也没几个人,都不在国内。"

"如果他们想送花圈表示心意的话,可以联系我或者……"

"话说你真觉得这东西有意义吗?"刘打断我,"漂洋过海送个花圈,还不如你们文艺青年爱搞的那套,写信。"

"我不知道,可能这也是某种形式的信吧?"

"啧啧,你们写东西的人都太文绉绉了,动不动就信啊信的,有那么多东西必须表达吗?"

我看着刘没说话,他的隐形眼镜似乎有些干涩,时不时揉眼睛,露出完成一天工作后那种松懈的倦意。

"温妤最后微信给你发了什么?"半晌我问。

刘看看我,没说话。

"你给我看看。"

"我删掉了。"

"为什么？怕你现在的女朋友看见？"我有点激动，"一个已经不在世的人有什么好担心的？你给我看一眼。"

"真删了。"刘无动于衷，手机静静地待在他的羽绒服口袋里。

"虽然我并不想，但她写的那些我背都能背出来，写得巨长。这几天尤其是睡觉前吧，脑子里都像有人在念有声书，像她以前给我打国际长途那样，在我耳边碎碎念她写的那些。"刘用手掌慢慢地覆盖住那只果汁瓶，用指甲抠着瓶身上的塑料纸，瓶子发出"咯吱咯吱"的声音。

那段因缺失反馈而失衡的恋爱最终没能善终，我大致是有些了解的，但刘的形容仍然让我感到一种超出预期的生气。"怎么能把一个人的深情说成是碎碎念？"

"我只是实事求是地形容。我没有你们那些语言想象力，丰富到夸张的情感，比喻啊诗意什么的，我就是论述事实。"刘的脸上除了疲惫看不出更多表情。

好吧，我放弃了："温妤在你眼里到底是什么样的人？什么样的存在？"

他思考了一会儿，说出让我有些没想到的回答。

"她很会照顾人，我有时候觉得她可能最适合做的是服务业，她一定能做得很好。像餐厅服务员、柜台导购，或者奥运会志愿者什么的。但她有时候很啰唆,也不太有主见,好像无法自己下决定。"看我没说话,他补充说,"但她是个很好的女生,我做过一些不太成熟的事情,但是没办法,我也没办法啊,我也不想主动伤害她的。"

"没人想主动伤害别人。"我说。

"她精神状况不好已经很久了。分手一年多她给我发过几次很长的信息,她好像一直很难开心起来,但我也不知道要怎么做才能帮她。一个人的情绪怎么能脆弱到那个地步,开心真的有那么难吗?"刘叹气的时候竟然露出了一丝中年人的神态,"可能现在她真的解脱了吧。"他又揉眼睛,用桌上的纸巾擦了手。

我喝完咖啡,把垃圾规整到一起,尝试问他最后一遍:"你给我看看那个信息,我不告诉任何人,也不会怪你。"

刘看着我:"真删了,我没有留聊天记录的习惯。"他再次指指脑袋,"都记在这里,但我不想复述了,抱歉。花圈的事我会再去问问。"他停在这里,不知是想到花圈还是别的什么事,从喉咙里发出一声短促的、自嘲般的笑。

我端起装着垃圾的盘子,把他喝完的果汁瓶也一并放入,顿了顿对他说:"刚才,就在见到你之后,我才产生一种感觉,就是如果温妤那些长长的信的对象不是你,如果换成是我收到那些信……该有多好。至少我不会把它们删掉。没人想主动伤害别人，但你有没有想过，如果伤害的结果不可避免，应该，至少，一定有什么方法，能让受伤程度降到最低吧？那是成年人该做的。"

刘看着我什么也没说。我把垃圾扔掉，离开那里。

出门觉得风凉，我从包里掏出围巾裹在脖子上。白天在太阳下明明温暖得只想穿一件单衣，进入夜晚时冷空气却像那些匆匆赶夜班车的人流，从远处汇聚而来，靠近我，挤压我，像开瓶后难以控制流窜的啤酒泡沫般覆盖我。已经是三月了，还有几天就要立春，真正的温暖会到来。温妤你为什么不等一等？


我点开韩裴的微信，是她联络到希望赠送花圈的名单，有她和梁肖的，问我费用。

"四百八一个。"我回复她，"你们俩分开送还是一个就行？"

"分开吧，温妤喜欢热闹。"她回。

我心里想的是，不如省点钱去买件不起球的毛衣。但没有发出去。我说行。

我们都打算暂时把昨天的不快置之一旁。

过了一会儿她的信息又发过来："你知道今天温妤妈妈告诉我什么吗？她看了温妤的手机，想知道她临走前都联系了哪些人。她挺难过的，因为温妤什么也没跟她说，却发了那么长一段信息给刘。也留了信息给她爸爸。唯独跟她，什么也没说。"

"这样啊，但她当初做那些事的时候，早就做好不被原谅的准备了吧。"

"嗯，温妤已经算处理得很温和了。"

"还有其他的吗？"

"有一些和社区宠物店的聊天记录。她把kiki送去寄养了，因为是非常漂亮的英短，放在店里很多客人询问能不能买，店长当作趣事告诉温妤，她直接跟人家说，看到真心喜欢的就送给对方吧。那个店长可能被吓到了，回她一堆省略号就再也没有下文。"

"那他现在看到温妤妈妈用温妤手机发的讣告，应该真的被吓到了吧？哎，他会不会把kiki占为己有啊？"

"那能怎么办呢，梁肖对猫毛过敏，你更是一点也不喜欢小动物。"

"还有别的什么吗？对了我今天见到刘，想让他给我看看温妤最后发给他什么，他竟然说删掉了。感觉温妤喜欢他像喜欢一个器皿或者家具一样,得不到什么有温度的回应。他到底有什么好的?他也不能明白温好有多好。她怎么这么傻?"

"他们肯定也有过开心的时候吧。不要随便评判别人的感情了,具体发生了什么咱们也不知道。"

"我现在特别想知道。"

"不过有件事挺奇怪的,那之前两三天的样子,她和咖啡馆的店长还是老板在聊天,聊天的内容竟然是关于酒的。温好主动跟那个人提了意见,大概是说某个饮料里面的威士忌用的品牌不对,建议他们还是用本来应该用的那款酒。"

"哪个咖啡馆啊?她跟我们提过常去的那个?"

"对,小夜咖啡馆。"

第二天起床后,我在地图上搜到店址,只带上手机便出门了。很久没坐地铁,这两年为了节约时间一度只用打车软件出行,这两天却想多走走路。地铁口出来,一点钟方向便是温好家所在小区的楼群,小夜咖啡馆在相反的方向。我收起手机先往温好家的方向走。

我很少来这个片区,没想到一路遇见最多的不是年轻人也不是老年人,而是带着小孩出行的、三四十岁左右的青年夫妇。过马路时背着公文包的上班族会给婴儿车让出空间,有人在身后用日语交谈,一些小孩踩着花坛里的泥土从身边奔跑而过,没多久就听见家长的喝止声。很多人拿着超市的购物袋从商场走出,餐厅的户外椅上坐满了边吃饭边聊天的人。

只需过一个红绿灯,右转就来到温妤家的小区。仅来过的那一次,并未注意到原来门口设施这么齐全。健身房、宠物店、SPA馆、美容美发、口腔诊所,还有被修剪得十分整齐立体的常青绿植。因为靠近高架,车流在此减速,缓缓排列成一板板全新未拆、间隙固定的药片。

我从微信里找到最近一次温妤发给我的快递地址,那已经是一年半以前了。那会儿我们一起去了趟日本,我对她的一顶白色羊绒贝雷帽爱不释手,在民宿里试戴觉得好看,接下来几天就一直戴着,回到上海隔了一周才想起寄给她。一起寄回的还有她借给我用来装大量采购所得的名牌旅行袋。搜索页面的同时还跳出了她搬家后邀请我们暖房的聊天记录。那一回我和韩裴、梁肖提着超市里买的零食和啤酒,在小区里绕了很久才找到16号楼,温妤穿着开襟的长款家居服站在楼下,看见我们,放下手机使劲招手，用对她来说已经足够高分贝的气声喊："哎呀，是这里！"脸上是那种炎夏喝下一口冰啤酒后会出现的无比畅然的笑容。

那是两年零五个月前了。

我按照地址走到16号楼楼下，门口需要按铃才能进。我在门口等了一会儿，本想等到快递员或有人出来时再进去，结果很久也没等到人来，只好按响邻居的门铃。"不好意思，我是楼下的邻居，今天忘记带门卡，可以……"没等解释完对方就帮我开了门。

坐电梯到八楼，很快找到了802号，因为防盗门的猫眼旁贴着一只白色蓝耳的猫咪贴纸。我用手推了推，那扇微凉的不锈钢门毫无悬念地纹丝不动。一张小巧的粉白拼色长方形地毯铺在门口，白色的部分并没有因为反复踩踏而变色，反而像是崭新的。地毯旁放置着原木色三层鞋柜，我打开柜门，里面是两双棉绒拖鞋，三双尖头窄脚的平底鞋，一双系带的棕色小羊皮鞋。还有两只鞋拔，一柄塑料一柄实木。一盒清新剂。

我在那扇防盗门前站了一会儿，有些像游戏里走进胡同尽头的像素玩家，三番五次地走进走出，绕回原地，试图开启那藏在某处的，能让墙倒塌的机关。

并没有什么机关。要离开那面墙游戏才能继续。我站在温妤家门前,打开手机地图重新开始导航。

或许温妤日常的某天,和此时的我差不多吧?也会这样坐电梯下楼,绕过圆形花丛,从牵水而建的凉亭里经过,走出小区大门右转,等三个十字路口的红绿灯,最后,钻进洗车行旁边那家叫"小夜"的咖啡馆。

我推开门,在吧台的位置坐下,点了一杯菜单上推荐的咖啡。

"你是店长吗?"我抬起头问帮我点单的短发女生。她慌张地摇头,指着身后正在冲咖啡的另一个面部线条略微坚毅的女生说:"她才是。"

店里除了我只有两桌客人,安静得吓人。但这个地方,怎么说呢,似曾相识的安静让我忽然想起上次和温妤去东京旅行,其中有两天她带我去周边沿海的小岛,我们曾光顾过的一家店。

从101离职之后,温妤很久没有找正式的工作。我觉得她并不缺钱,所以也从没替她的生活担心过什么。大概那时我因为导演而心情烦闷,跟她提了一下,她就邀我一起去日本。"不如带你去散心。"原话就是这样,她像一个正能量的倡导者那样对我说。后来在东京街头,在居酒屋，在镰仓的海边，在人头攒动的车站里，我絮絮叨叨对她讲述了我是如何对喜欢喝乱七八糟奇怪果蔬榨成汁的导演着迷，又在后知后觉中明白他已有家室，却无法果决割舍的心情。温妤冷静地听着，然后认真地建议我："如果你感到快乐，我不反对你做任何决定，但一定不要允许谁，任何人，或者什么事，对你产生持久的伤害。如果你的痛苦很强烈，我建议你停下来，别让自己再往深渊里走了。"

她带我去了周边一个我忘记名字的小岛上泡温泉，说那里是散步的好地方。她心里似乎对日本沿海小岛有一份确切的地图，都是常年在日本各处潜水不愿意回国的爸爸推荐给她的。上岛第一天，她带我去那家店喝咖啡，店里密密麻麻贴满了电影海报，有周润发和林青霞的写真混在其中。除了我们没有任何其他客人。我们在店里站了一会儿，吧台后才探出一个老人的身体。温妤和他打招呼，用日语顺畅地交谈，像认识很久了。她向我介绍店主的儿子在东京工作，女儿在美国读书，老伴已经去世，他一个人把住宅的一层装修成咖啡馆，起居在阁楼上。虽然游客稀少，但能和有缘发现这里的客人聊聊天，探讨一些关于电影、小说，还有政治的话题，他感到很开心。

我一句日语也不会说,只能听温好讲解,或把老人的话翻译给我。她说老人第一次见到她就翻出用毛笔写着自己心目中"世界电影前一百名"的巨型宣纸给她看,还有相对迷你的"日本短篇小说前十""亚洲电影前十"之类的明目,甚至问她了不了解越南战役,温好说:"这我哪知道呀。他就露出很遗憾的样子,我们只好继续讨论文艺。"

"很多人认为我辞职后不写剧本,不工作,好像都在游山玩水,全仰仗我是富家女。其实大家都不知道别人的生活是什么样的,但又喜欢猜想,似乎猜想是他们生活中最重要的部分。"

在那趟旅程中,温好只有在那个咖啡馆里才罕有地作为讲述者而不是倾听者的角色,对我主动说了很多话。她说:"为什么总是来日本,其实我的想法很简单的,我只想隔段时间去一个谁也不认识我的地方,试着像当地人那样生活。切断既有的人际关系,换种身份一个人待着让我觉得身体重新充满能量。这是奇怪的充电方式吧?不知道你能不能理解。"

我不能。我来日本只想购物,拍照,发朋友圈。让认识我的人知道我此刻过得很好，让我觉得重要的人知道我现在在干什么。

老人时不时趁倒水的间隙和我们说话，起初慢条斯理，最后索性坐下来，摸出一个旧笔记本，让我们帮他解一道几何数学题。温妤非常耐心地听他开启每一个好像永远也没有结束语的话题。我看着她温润的、对结果不抱任何期待、唯有认真关注着面前的人的眼神，听见她的呼吸平静均匀，想起了走在法租界上，有时经过某幢恰巧打开大门的洋房，里面传来的流水声。一种似乎可以循环不竭，保持着算不上激烈也算不上迟缓的，因为自然重力而存在的节奏。那个声音和明天无关，和过往的记忆无关，像一种只和生命力本身有关的类似血液流动的声音。

离开时我问刚才又聊了些什么，说那么久。

温妤流露出回忆电影里某个可爱场景的笑意说："他让我晚上最好不要去海边。"

"为什么？"

"他说这个季节涨潮很厉害，海浪声大，悠远，但很有节奏。如果离得远，那个声音会成为让你很容易入睡的背景音，但如果离得太近，也很容易被它迷惑。他说之前来过一些不知道是游客还是什么人,在海边走着走着,回过神来身体已经陷进海的深处了。也有一些人专门选择在这里结束生命,因为真的可以什么痕迹也不留下。所以现在晚上经常有直升机在上空巡逻,他让我们如果看到巡逻灯闪来闪去不要害怕,那是政府在检查海的深处有没有被迷惑的人。"她顿了顿说,"或者有没有尸体漂上来。"

"啊,怪吓人的。"我搓着双臂。

"他说这里的海像扮着可爱鬼脸的巨型怪兽,吸引人去探究他喉咙深处到底有什么,但其实深处什么也没有啊,只有无尽的冰冷。"温妤发出感慨,"不过,真有点羡慕那种可以被直升机巡视的人生啊,天大的重视!"

当天我们沿岛散步,看完夕阳落进海平面就回到旅馆,泡温泉,喝了些清酒,聊了很长时间。自然没有再跑去夜晚的海边。我记得我们都喝得有点上头,温妤借着酒劲跟我聊了韩裴、梁肖,以及101的旧事。她总是这样,明明是富家小姐的人设,非要充当知性大姐的角色来维护和平。她劝我不要再对梁肖的事耿耿于怀,既然我已经有了新的爱人,也劝我试想一下韩裴的处境。

"老叶是真的做了很过分的事,他不是第一次这样了，韩裴当时一定是很害怕，很绝望。那个时刻对她伸出援手的不是你也不是我，是梁肖。"

"这也不能成为她背叛我的理由啊，何况她和老叶那个事情其实不难处理吧，男女之间就那么点事儿，一旦界限模糊就得及时划分领地，韩裴她能不懂这个吗？"

"性骚扰或者说性侵很多时候是权力的制压，我做过研究的，没这么简单。"

"竟然还做研究？没到那个地步吧，最后不是也没得手吗？"

"是你幸免于难，站在岸上的人就不要嘲笑落水的人为什么衣衫不整了。"

"Say no 有这么难吗，真不行甩他一巴掌，换谁都会适可而止吧？"

温妤变得有些沉郁，半晌说："晓清，不是所有人都像你这么果决的，有胆量是天赋也是运气吧，但你要理解有人天生不喜欢把一段关系搞砸，不想当主动翻脸的人。"

"那也不能让别人伤害你啊，主动权应该永远在自己手上不是吗？我不能理解懦弱的人。"我把温妤对我的评价默认为一种夸奖欣然接受。

"你现在很有经验了似的，小姑娘。"

"我现在可是当小三都当得轻车熟路了哈哈。"

"不要这么说自己,你是被上帝偏袒的人啊。"温妤的脸红扑扑的,眼神潮湿而动人。

"一直被偏爱的人不是你吗?几乎每一个人生选项都让我等草民羡慕。"

"那你要和我换吗?"

"换什么?"

"把你的人生换给我。"

"不是不行啊,你的Celine和Jimmy Choo全都归我。"我认真想象了一下温妤的衣柜,嘻嘻地笑个不停。

"那我还真的不舍得你跟我换。"温妤把酒杯贴在脸颊上,眼睛亮晶晶地看着我。

"我就知道!"我翻身躺倒在她腿上,窗外的海浪声隐约飘荡在耳边。"哎?还真的有浪声,不过这个岛可真安静啊!"

"是啊,我们处于被白噪音环绕的中心。"

"白噪音是什么?"

"一种有助眠效果的背景音,我失眠有时候会听白噪音的音频App,海浪这个选项总归不会错。"

"唉,为什么你睡那么少……皮肤还这么好呢?"我没有就白噪音或失眠的问题接着往下讲,而是在温妤的大腿上翻来覆去地念叨一些没有逻辑的少女心事。"你说为什么他们都不爱我呢?或者说是不能只爱我一个?一定要同时爱上别的人……只爱一个人真的不能满足人生吗?"

"你指谁?"

"男人,男人们!"

那可能是我们最后一次讨论情感问题,很快我就听着窗外不远处的海浪白噪音睡着了。半夜醒来上厕所,身旁的被褥空瘪瘪的,我经过时踩在上面,猜想温妤是不是睡不着又去泡汤了。夜间的汤馆,能看见白天我们隐约看到过的那一点点富士山顶的雪吗?在疑问中我很快又昏睡过去。


坐在小夜咖啡馆里,我被自己仿佛因春天而复苏的回忆吓到,那晚温妤究竟去哪儿了?当时竟完全没放在心上。后来好像没多久听见门锁的声音,身旁有人重新钻回被窝,用日语跟我说了一句,oyasumi(晚安)。

而我自始至终没有问过她:你去海边了吗,有没有遇到巡逻的直升机?海深处,真的那么吸引你吗?

我说了那么多自己的事,却没有留出一句话给她,哪怕只是轻轻地问一句:今天的你,开心吗?

那个叫阿吕的女生把冲好的咖啡推到我面前,问我找她有什么事。

"你记得温妤吗?"我单刀直入地问。她有些抱歉地笑笑,坚毅的五官柔和不少。我说:"是常来这里喝东西的女生,住在附近,哦,前阵子你们应该还在微信里讨论咖啡里的威士忌问题。"

她脸上露出讶异的表情,很快转变为凝重。"啊,她……"

"嗯,你应该也看到她的朋友圈了吧?她妈妈发的那条。"

"看到了。唉。"阿吕满脸遗憾,"就在几天前,她还建议我把爱尔兰咖啡里用的日本威士忌换掉。"

"对啊,那是怎么回事?不好意思,我是想了解一下才过来的。"

"啊,是这样。"她打开菜单指给我看,"这款爱尔兰咖啡,标准配方是加入爱尔兰威士忌和咖啡混合,但我们店内出品时用的是日本威士忌,而且品牌并不固定。"

"哦……"好像不是什么大不了的事啊我想,"那为什么要这么操作？"

"唔，是这样。我们店有很多日本客人，开整瓶威士忌存在店里慢慢喝是很常见的事，但是今年呢，很多常客一下消失了，大概因为日本企业规定三到五年会召回外派员工，并且短时间不再外派到那个国家吧，消失的客人留下来的酒在店里越积越多。"她侧身指向吧台角落的纸箱，里面装着大约有一二十个开封没喝完的玻璃酒瓶。"这让我们产生了困扰，毕竟储存空间有限。也是前阵子决定的，如果是超过半年还没有出现过的客人，我们也实在联系不上的，就把他的酒自行处理掉。于是增加了这款需要威士忌来打底的爱尔兰咖啡。"

见我听得不明所以，她又解释道："好应该是喝到这款咖啡觉得味道不对吧，所以在微信上建议我应该用回原本标配的爱尔兰威士忌。她说，如果用了日本的威士忌，它就不应该再被叫作爱尔兰咖啡了。"

"就因为这个事？"

"对，她说，篡改一个作品的重要组成部分这种做法她不太认可，犹豫很久还是决定告诉我，不过具体要怎么操作还应由我定夺。"

我靠向身后的椅背，不知道要如何去理解这件事。

面前这个人,是温好告别人间前最后联络的四个人之一,但她们竟然只聊了咖啡的配方。我感到自己从喉腔发出的声音有些失重:"那你现在打算怎么做?这个咖啡。"

女生说:"因为还有大量日本威士忌囤积着,我们不得不继续用现在的方式做这款爱尔兰咖啡。"

好吧,我其实已经不太关心她要怎样了。女生继续说道:"但好的建议让我觉得,她是很认真地思考了这件事。可能在她心里,篡改配方这件事和随意篡改别人的人生一样,是一件了不得的大事吧。我打算把这款咖啡改名叫'小夜爱尔兰',根据小夜的独有回忆改良后的致敬作品。"

听到这里我从椅背上直起身体。

"这也是好教给我的事。"女生说。

哈,没错没错!温好就是这样的人啊。一本正经地说一些只有她在意的小事,但往往最终也或多或少影响到了对方,虽然她自己常常懊悔这些是无用功。

"她之前喜欢坐哪儿?"我重新有了提问的欲望。

"就是这里,靠墙,一个人。"她说的是我右手边的位置,吧台的角落,不会打扰任何人。

"她平时爱喝点什么呢?不好意思,我就是想再多了解一下她的事。"

"她喜欢喝一款埃塞俄比亚的咖啡豆,配一块芝士蛋糕。"

"也给我一块芝士蛋糕吧。"

阿吕从冰箱里拿出切成三角形的浅黄色蛋糕给我,说:"这是我们每晚打烊后自己烘焙的,好说能吃出食材原本的新鲜味道,她很喜欢,几乎每次都点。"

我用勺子挖下蛋糕柔软的一角,想象温妤说那句"我很喜欢"时的表情。其实不难想象,温柔是她时时刻刻的代名词。说像和煦的春风未必合适,但差不多就和这块蛋糕一样,炙烤的精美外皮下包裹着柔软的、甜度正合适、能感受到新鲜牛乳余韵的内里。是安全的稳固的滋味,很难想象会有定时失误烤焦或温度太高而内浆爆出那样的意外发生。同样,也很难想象温妤会做出出格的举动。但,就是这样的一个人,却毫无预料地突然消失了。

临走前我问阿吕:"对了,温妤的葬礼是后天,你想要送一个花圈吗?我正在征集亲友名单。"

阿吕有些讶异,可能也没想到我会说这些。"啊……"她愣在那儿。

"因为你是她临走前主动联系的为数不多的人，所以……"我突然意识到她们可能并不熟，"有点唐突了对吧？"

"不会。"阿吕抱歉地摇头笑笑。

我示意买单，道谢后离开。

推开门，天光像温热的水均匀地从莲蓬头喷洒下来。春天已经一点一点来了。覆着晶莹震颤的泡沫的水流，从洗车行的方向蜿蜒至脚下。即便明知是污水，我也仔细辨认了它的优美之处。在暖阳下闪光的、跳跃的污水。有时候就会这样，因为某个好天气，一些来自外界的偶然因素，或者听着音乐冲完一个热水澡，人就变得开心起来，觉得生活不过是由这些剔透如珍珠的快乐时分与混杂其中的悲伤沙砾穿成的项链。人得以继续充满动力地生存下去，全因由珍珠们时不时向我们投射那朦胧微小的、被称作幸福感的光晕。从前我以为，这种类似洗热水澡一样简单易得的快乐，每个人都可以拥有，但现在才意识到，温妤一定在某段时间里身处无法被任何一种幸福光辉照射到的洞穴。她曾试图向我伸出求助的手，我却因为过于用力地奔走在自己的宇宙，冷漠地忽视了那对毫无保留展露的柔软手心，直到它再次攥紧，缩回。

而我此时像忏悔一般，试图感受她生前的某天。

从咖啡馆离开，她会选择哪家店吃晚饭？对菜场如此生疏的她一定不会选择自己做，至于会选路口的时髦饺子店还是另一条街上无数日本料理的其中一间，我却突然失去了可判断的信息。模拟人生的游戏到此为止，无法再继续。我茫然地站在路口，被开始下坠变暖的阳光笼罩，无可去处。行人从身旁穿梭而过，我感觉自己像是国际象棋里的某颗弃子。

追悼会当天，韩裴仍然穿着那件黑色羊毛大衣，在礼堂入口处帮忙做礼金登记。整个人略显浮肿，脸上无妆，颧骨和鼻梁上的晒斑像残留在杯壁上的茶叶末，星星点点清晰可见。很久没见的梁肖戴上了玳瑁的半框镜架，胡茬攀爬至鬓角，像提前在下巴上播种了秋天。花圈一大早就到了，我和他在现场搬货，做指引，安排车接送从外地赶来住在附近宾馆的亲友。

我没想到的是，韩裴在看见老叶那一瞬间，整个人开始剧烈颤抖。老叶面带伤感地似乎想要和她说点什么，手刚抬起来，韩裴就转过身去，双臂抱在胸前。梁肖转过身搂住她的肩膀。两个人没再回头看老叶一眼。

老叶叹了口气朝我走来，掏出一个白色信封问："这个应该交给谁？"

我没说话。看着这个曾经给我们发放可观薪水，被我们称作前辈的人，脸上挤不出表情。很多问题忽然在我脑中闪现——温妤认真去做的那些研究，真的只因为韩裴一个人吗？她说唯有我是站在岸上的人，究竟是什么意思？老叶是不是也对她做过什么？不知不觉间我竟也有些发抖。

老叶很惊异，毕竟上一次联络时我还挺热情。我抽走信封转身就走，在大堂中央碰到刘。刘穿着黑色的毛呢夹克，没有戴帽子，我得以看清他被发胶打理过的寸头。我和他简单打了个招呼，想起他最终也没有在我这里订任何一个花圈。

在挂置温妤微笑黑白照片的礼堂里，我无法自持地用一种不太礼貌的眼神观察每一张陌生面孔，试图通过他们的神情来辨认温妤生前和他们是怎样的关系。群体中出现过几个在101一起工作过的昔日同事。大家说不上哪里发生了变化，但大抵还是那个样子，聊起天来时空有迅速倒转的错觉。只是这一次，每个人都在哭。我突然意识到，我们都已不是刚认识时那种二十岁出头的年轻人了。曾经一起结伴做过很多事，有快乐也有沮丧，但生活始终没有朝我们投掷过巨石。如今就不大一样了，时过境迁的相聚竟然是一同参加好友的葬礼，这种新生体验像一块拳头大的年糕挤进喉咙，令人难以吞咽。

结束时回到梁肖车上——一辆即使破旧也娘炮无比的红色荣威，感觉得到我们三个都想在车里静坐一会儿，但不得不给众多停靠过来的私家车挪位。

梁肖发动车子，说："感觉葬礼也像 party 的一种。"他今天几乎没怎么说话，比前两年要沉默许多。曾经的我，爱过那个对很多事都乐于发表犀利观点的男孩，而这是时隔两年我听到他发表的第一句总结性言论。

"温好爸爸竟然到最后也没有出现，甚至没回国。"韩裴的语气不太高兴，"潜水有那么重要吗？女儿都这样了还有心情给那些小鱼小虾拍照发朋友圈啊？"

"你不是说过，他们的关系不是我们能想象的吗。"我说。

"你倒是突然善解人意起来啊？"韩裴从副驾驶扭过头，"有点邪门。"

我没说话，脑子里还在回想刚才跟进火化间，看见温好的身体被推进炉子的场景。如果不是真实地看见了那具熟悉的肉体，我还有一丝希望是她只是逃去了某个海边小岛，故意造成在人间消失的假象。那也是她做得出来的事。看见微博遗言的当下，我发过一条私信给她，页面上不久后出现了"已读"两个字，给过我一点点未知的希望。直到刚才亲眼见到她变成三铲灰白色的余烬。工作人员将它铲入骨灰盒中时动作熟练利落，像铲起葱油饼抛进塑料袋的摊头老板，盖上盖子面无表情地将骨灰盒递过来。

炉里还有啊，没铲干净，我想。地上那些混合着之前不知是谁的骨灰，为什么不多给我们一点？

温妤的身体还要混入下一个、下下一个某人的骨灰盒中。我们到死都不知自己将被发配到何方。

"去我们家吃饭怎么样？"韩裴提议。

"麻烦吧，要么去我店里吃。"

"我们现在都自己做饭，你尝尝我的手艺。晚上梁肖有个演出，你也一起去看吧。"

"几点啊？"我大概露出了明显的犹豫。

"七点。这个人现在为了专心创作段子和上台表演，把所有工作机会都推了，几乎零收入，你去看看就知道他到底在忙什么。"

"哈？"我向前倾了倾身体，"没收入你们怎么生活？"

韩裴笑了，看着梁肖说："我养家呀。"

梁肖也跟着笑了，倒没有什么不好意思的样子，把手放在韩裴的肩膀上用力地按了按。梁肖手掌下的毛衣上也有一片蓬松的毛球。

"你俩要学李安夫妇啊？"

他们笑得更畅快了。

我突然被眼前这一幕逗得眼泪快流出来。"为什么不找我帮忙呢？我好歹是餐厅老板哎……你们真是太看不起人了！"我知道自己问了个蠢问题，用手背把眼角的眼泪悄悄抹掉，那些像从扎孔处往外泄漏的饮料一般的液体，是热的。

下了中山北路高架，车开到一条小巷深处的小区门口，梁肖让我们先下，他把车停到附近另外一个更大的小区里，顺便去买食材。六楼爬得我气喘吁吁。我进门便把鞋子脱了，他俩的家是常见的老公房一室户格局，我路过开放厨房、厕所，径直走进唯一的卧室，在一张宜家常年卖三十九元的小方桌旁找到地毯坐下来。

两个人的生活物品令这个三十平方米的空间稍显拥

挤。墙上贴着一些明显是为了遮盖脱落墙皮的海报，双人床边除落地衣柜外还立着一个简易的塑料衣橱，胀鼓鼓的像动画片里龙猫的肚子。韩裴的梳妆区域竟然被挤至阳台一角，看样子她每天需要在垂吊的晾晒衣物下涂粉底。一些化妆用具堆在洗衣机上。除去这些，总体来说收拾得还算干净，柜架几乎全部为合理收纳而存在，极少装饰的部分。挂在角落的戴森吸尘器、立式 Bose 音响，还有一进门便被韩裴点燃的香熏蜡烛，让人对他们的生活质量稍许感到放心。

"小了点，但还挺温馨的对吧。你还记得我们以前在 101 的时候说的吗？想有天攒够钱，也能买那么大的别墅。"韩裴说。

"嗯，我说如果房间太多自己住不完，就邀请你们一起住。"

"但我现在觉得房子小点也没什么不好，住在里面的人离得近，亲热。而且其实也不需要那么多人，你觉得呢？"

"同居的感觉……是什么样的？"我抬头看着她。

"不知道你喜不喜欢，反正我挺沉迷这种一点点制造家的感觉。你是不是也该去谈段正常的恋爱了？"

能照进房间的光线不多，韩裴拉亮床头的落地灯，烧了壶开水。等水加热的间隙她也坐下来，坐在我身边，我们挤在那张小小的方桌旁，后背倚着床，呼吸时能感到彼此身体的起伏。心好像也因此拉近了一点距离。看着那盏落地灯，韩裴轻徐地说道："温妤出事那晚，我回到家，脱下外套，有一根粘在毛衣上的羽绒，非常小的一根羽毛，飞了起来。就在这个房间里。那根羽毛绕着我一直旋转，我盯着它看，它怎么都没有降落。我当时就觉得，那会是温妤吗？和她顽皮的样子真是一模一样。"她顿了顿，"如果不是梁肖也看到了，你一定以为我在说胡话。我当时对着那根羽毛，我对着那根羽毛……说了好多话。"

声音到这里颤抖地哽住了，韩裴把眼睛埋在手心里哭了起来。

我摸摸她的肩膀，像梁肖对她、导演对我做的那样，让她自在地哭了一会儿。

"我对着羽毛说，温妤，你只要现在开心就好。我们都挺好的，你放心。虽然我不舍得你，很想你，但如果你是开心的，我会尝试理解你，也会努力地替你感到高兴。"

水烧开了。韩裴抽出纸巾擦脸，站起来泡了一壶正山小种，倒出两杯，继续坐回我身边。我又向她靠近了一点，我们几乎挤在彼此身上。

"你一定觉得很难相信，但确实是这样，当我说完那番话，羽毛就停止旋转，落下来了。"她指指左肩头，"就落在这个地方。"

我看了看那里，依然是有毛球出没的部位。是我曾经厌弃过的地方，但其实想必温暖、蓬松，也是心可以安心降落之处。我把头靠向那里。

在梁肖买菜回来前，我们的胃和心同这间屋子一样安静、空旷。


晚上的演出在巨鹿路一家泰国菜旁边的弄堂深处。

上海总是这样，许多人与人、物与景的剧情都生长于隐蔽的弄堂深处。一幢看似无人问津的别墅一楼，掀开被射灯打亮的厚重幕布，像是临时搭建的简易舞台中央放置着一只立式话筒和一张高脚圆凳。梁肖说这就是单口喜剧仅需的道具。凳子也可以不要，一个mic就够了。一周当中每天有不同场地供大家登台，绝大部分是自由报名的被称为"开放麦"的演出。脱口秀演员们在这里预备演习刚写完还算不上熟练的段子，依照观众的反应来做文本和表演的修改,为更大更正式的舞台蓄力。有些人平时有正经工作而有些人没有。当然,对其中相当一部分人来说,日常生活是蓄力等待着那个不知是否存在的更大的舞台。

"这个是 Stone,这里是他租下来给我们这些流浪汉演出用的。"梁肖指着角落休息区正扒着便利店盒饭的男青年,用和额头一样向外凸出的眼睛看了我一眼说:"这儿不错,宽敞,一个月只要五千块,比你餐厅便宜多了吧?"

男青年抬头跟韩裴打了个招呼,看了我一眼说:"哟,有观众了。不过今天不巧,我们内部做主题训练,练习讲故事,讲讲自己印象深刻的一段经验,没对外卖票。演出的人……喏,"他用下巴示意身边埋头吃饭的两男一女,语气毫不见外,"就我们几个,说得不好笑的话您直接骂,别发朋友圈就行。平时我们水平可不这样。"

"你平时也不咋样啊。"梁肖说。

"别说实话啊大哥,还怎么混啊!"Stone 爽朗地大笑起来,北京口音让人很难相信他是个上海人。

饭后我和韩裴在台下的塑料椅坐下,一共三张桌子,稀稀拉拉几张椅子上放着演员的衣物,还坐着两个大概是家属的观众。舞台上是大功率的聚焦射灯，除了话筒和那张椅子，我们都陷进黑暗之中。Stone是串场主持，也是第一个上台讲故事的人。他讲了自己第一次找烟抽的体验。大约半个小时吧，从澳大利亚讲到了新疆，再到上海的乌鲁木齐路，叙事节奏缓慢得像个老年人。有个宅男模样的银行职员接棒，讲自己第一次偷东西的经历。二十岁时在餐厅做服务员，生日当天进厨房偷了一包意大利面，但没找到油盐，只好什么也没放煮了吃了。一个胖胖的男孩带着颈椎护具上台，讲他最近独自去做手术，上手术台打了麻药以后女医生才问他，你知道会留疤吗？他那时已经醉得回答不上任何一个字。还有个女人充满热情地讲了和前夫复婚的过程。每人讲完自己的故事会和台下其他人讨论哪里节奏不好，缺乏重点，哪个梗还不错可以留下。

规定每人十五分钟，几乎全员超时。梁肖是最后一个上台的。他拿着一瓶啤酒（韩裴说这是他的台风），单腿撑在高脚椅上，另一只脚用奇怪的姿势直立着，让人分不清他到底坐没坐那张椅子。他说："今天我要讲的是，一个月前朋友送了我一台洗碗机的故事。"

"哎，哎——"台下有人吹起口哨，"洗碗机！"

梁肖用再平静不过的口吻开始讲述。

"熟悉我的朋友都知道,我是一个不相信科技能改善人类生活的人,不爱用社交网络,不看电子书,坐地铁不会用App刷卡进站……没有淘宝账号——我要声明最后这一点并不是故意说给我女朋友听的。"

我听到大家笑了,而他仍保持一本正经。

"所以当朋友说要送给我一台她没用过多久的洗碗机,我是疑惑并抗拒的。但由于我那个朋友是个四体不勤五谷不分的富二代,我就上网查了那台破机器的价格,然后,哇——我立即改变主意爽快地接受了这份好意。你们也知道,自从开始说脱口秀,我就变成了一个再也不跟钱过不去的人。

"事实总能证明,富二代的选择真的不会错。洗碗机非常好用,每天大概能帮我节省三个小时,对,那是本来要和女友争吵到底由谁来洗碗的时间,我现在都用来写段子和改段子……你们今天感受到我用那些三小时努力换来的效果了吗?"

"没有!没有!"台下哄笑。

"所以我说吧,科技是无法改善人类的。"梁肖无奈地摇头说。

黑暗中韩裴眼睛亮晶晶的，盯着梁肖，几乎全程带着笑意。似乎不管梁肖说成什么样，那里面都有一份她的努力和坚持。我这会儿大概明白了，属于梁肖的更大的舞台，她肯定会陪他一起等。

"没想到我竟然从此依赖上了洗碗机，我又陆续购买了同样作为中产标配的戴森吸尘器、戴森吹风机，甚至还有一台，划船机。对，就是《纸牌屋》里后来当上总统的男主角用的那个。

"我那个富二代朋友一定想不到，她一个单纯的施舍，给我们这些平民的生活造成了多大影响。我甚至开始反思，以前和女朋友因为打扫卫生到底应不应该用吸尘器这件事而吵架的自己，有多荒唐——如果她早点买了吸尘器并且学会使用，我现在每天节约下来写段子的时间可就不止三小时了，至少，会有五小时！

"不过更荒唐的是，当我还没来得及，把这串因洗碗机而引起的连锁反应告诉那个朋友，我就看到了她告别人世前，发布的最后遗言。

"那是我人生中前所未有的经验，当我后知后觉意识到，将洗碗机赠予我，或许是她自杀前做的一项重要准备的时候，"梁肖在这里停顿了一下，能明显看见他在深呼吸，过了一会儿，他露出一丝笑容说，"我觉得，她很贴心。她也认为我不应该把时间花在洗碗以及和重要的人吵架上，所以送出了那份临别礼物。"

我在漆黑深处瞪大眼睛。我努力回想刚才饭后把碗塞进的那台白色洗碗机。

"她一直不认为自己的存在是有价值的，但她不知道自己的所作所为常常像飓风一样影响别人，至少对于我来说，她让我意识到，原来富二代也是有品位的。"说到这梁肖没忍住笑了出来，很难分辨这是否也是表演的一部分。而我感到自己的身体似乎变成了一条河，被他的叙述摇撼着，逐渐开始涨潮。

"她让我知道一台洗碗机能有多贵，以及越贵的东西越好用，某种程度上是真理。洗碗机真的很好用朋友们……

"她让我主动想去了解抑郁症到底是种什么样的病，这样一种曾经被我轻视小瞧过的病，怎么会刮倒那个在我心中温柔而强大的形象……

"也是因为她，我和很久没联系的老朋友重逢、见面、合作。虽然合作的内容是在她的葬礼上打杂……

"从前，我们一起写剧本的时候，她说自己总当配角，因为缺乏实际的人生体验，所以最不擅长写主角戏。但这一次，她无法推卸地当上了主角，让身边每个观众印象深刻，回味无穷……"

结束时在场为数不多的人，如深陷漆黑大海般缄默不语。

漫长的寂静。除了那架搜寻游客身影的直升机仍闪着红光，伴随螺旋桨划出的阵阵轰鸣，从海的深处向我靠近。

——有人吗？有人在那里吗？

没有人回答。

"我们去个地方。"

离开那幢虽只有零星几人却仿佛被茂盛的憧憬填满的别墅——好像曾经的101也是如此，我们三个像被一轮又一轮的阵雨淋湿浸透，身心冒着正在蒸腾的雾气。回到梁肖车里，我打开导航让他开去离我店不远的一处沿街门面。木门已经锁了。"这里不好停车。"梁肖说。我跳下车，说马上。我敲开那扇门钻进去，很快从窄门里搬出一个颤巍巍的圆形巨物，没多久花店的阿姨帮我搬出了另一个。我和它们并排站立在人行道上。韩裴把玻璃窗摇下来，看着我和那两个宛如月球般散发黯淡光晕的花圈，疑惑了一会儿。等辨认出花圈上的字，他俩发出抑制不住的笑声。

"你神经病啊顾晓清！哈哈哈哈哈神经病。"

我站在街道上和他们一起大笑起来。

"快来帮忙！"我拍着车门，让梁肖帮我一起，把花圈塞进他妈留给他的那辆红色荣威的后备厢，门关不上只好敞着。

"你有地址？"

"当然。"我说。我翻出微信里老叶的住址。

我们一路开到小区，找单元楼，卸下写着对叶炜民先生深沉"祝福"的两只花圈，向四楼攀爬。梁肖一个人抱了一只，我和韩裴一起抬着另一只，白色的桔梗和菊花混合的花叶在我们臂弯中摇曳。最终，我们把花圈立在曾经为我们造梦又使它落满尘埃的那个人门前，以大门为中心左右对称。我满意地拍下照片，欣赏了一会儿我本打算独自完成的作品。

不知道明早房间里的人出门上班，小区监控会帮我们记录下什么样的画面。真想看啊。我想象温好如果得知我们恶搞以后会发出的感慨。你们太过分了，但是好想看哦。她会这么说吧？脸上带着能理解和原谅所有人的笑容。

我拒绝了韩裴和梁肖送我回家的提议。省点儿油钱吧。我把心里话吞了回去，将自己塞入一辆出租车。

凌晨的高架上，灯光总是昏黄。有很多天我不得不从导演家离开，独自回家时都要经历这长长的昏黄甬道。我把数不清的困惑、妒忌和羞愧抛掷在这里，相信长路尽头连接着明天，和仿佛重生的无惧一切的自己。我习惯了就着楼宇间灯火陆续熄灭的背景，说服自己坚持那些未尝正确的事。导演发来的无数没有被我回复的信息，在微信里汇聚成一个数字不断变化的红色小点。我往左滑，点了删除。打开微博，我点进和温好的对话框，刚才发给她的照片仍然显示"未读"，还有前面的很多条"未读"组成的瀑布。我知道此刻在我心里，有一盏灯和背后的千万盏一同熄灭了。永远地熄灭。

回到家，钥匙还没从门上拔出，kiki好似刚睡醒一般从垫子上立起身体，慢悠悠地抖了抖，朝它的新主人走来。我先一步走过去，蹲下身把它抱了起来。

## 迁徙

来上海将近一年，这是第一次有人和小林聊起海。

那位女客人和往常一样在吧台坐下，点了一杯手冲咖啡和一块店内自制的芝士蛋糕，从包里掏出笔记本电脑，翻开，很快开始有节奏地轻击键盘。下午两点前没什么客人，木制L形吧台靠墙的一端立着一只小小的音响，播放的应该是店主下载在 iPod 里的歌单——大多是20世纪80年代流行过的爵士乐，颇复古，但和店内昭和年代的装潢比起来算是时髦很多了。似乎在日本当地，不少传统的咖啡馆和酒吧都会如此搭配，从室内设计到工作人员的着装风格，从以威士忌为主的酒单到以爵士或少量摇滚乐为背景的听觉氛围……20世纪美国文化带去的影响像日复一日拍打着岸边礁石的浪潮一般，注定留下难以磨灭的印迹。海水本身是有形状的吗？似乎并没有，却能在岸边的石头上留下固态的影子。文化的浸透之力也是如此。

后面这段是小林从书里看来的，他自然是从没去过日本。来上海之前，他甚至不知道爵士乐是什么，摇滚倒听过一点，他爱看的综艺节目里频繁出现宣称热爱摇滚的选手。"永远年轻，永远热泪盈眶""让我们战斗到最后一刻吧"诸如此类的热血宣言，小林听着总能鸡皮疙瘩乱冒，说不上为什么，他觉得像自己这样的年轻人，对生活和所谓梦想抱有源源不尽的希望总是很好的吧，不然这个庞大世界的搭建，无限未知领域的发掘，应该需要什么样的人呢？

在这间日本人开的咖啡馆当咖啡师，是小林来上海后的第二份工作。对于这座城市的工作节奏、风俗习惯、年轻人都在做什么，从一开始的突兀陌生到渐熟于心，花去了他半年有余的时间。目前为止，他对上海几大区域的分布、常坐的二号线及十号线地铁沿线、家附近的便利店和小餐馆均已相当熟悉，但除此之外还有很多未解之谜遍布在这城市的角角落落。作为刚入行不到两年的咖啡师，一个除了制作咖啡以外再无其余特长的外来打工仔，小林自觉要学习和进步的还有很多。当然，他对未来抱着格外积极乐观的心态：还年轻嘛，只要肯努力，人生路总会越走越宽。所以当老板下达升级培训的指令，要求大家去做些日本餐饮的资料研习时，比他晚入职的同事私下和他商议"走走形式就可以了，反正老板平时也不来店里"，他没接腔，反而相当积极地在早上开门后或是打烊前一两个小时认真阅读店长准备的杂志，有时晚上带回家看。那段话就是在杂志里读到的，"海水本身是有形状的吗？似乎并没有，却能在岸边的石头上留下固态的影子"。难以理解啊，日本对于小林来说还是过于抽象了，是仅属于影视剧里的遥远岛屿，他很难想象自己何时能去那里看看。等有年假资格或有女朋友的时候？不过比起这个让他一下子想不起任何著名地标的岛国来说，他更想去的国家是阿根廷，他是阿根廷球迷。

午饭时间过后，客人们常常单独前来，点一杯咖啡，看书或是带着电脑工作一下午。似乎不在家里或公司办公，早已成为都市的某种流行。这里和连锁咖啡店的区别在于位置隐蔽，人少清净，店里除了研磨咖啡豆的声响外，几乎只剩下电脑键盘和翻书的声音，咖啡的香气也因空间密闭而持久地萦绕在空气中。店主 Sayo 曾经说过："店铺的氛围是很奇妙的东西，当你用各种硬件和软件搭建起某种你心之所向的氛围时，置身其中的客人多半也会依照你所期待的那样自我控制，而一旦一个人这样做了，其他人都会照做，长久下来氛围这种东西也便扎扎实实地建立了。开店就是建立一种实在又抽象的空间。"小林初次听到店长转达的这番话时入职一周有余，他很难完全理解老板这段听起来颇为乐观的宣言，毕竟那时他离开家乡来上海不过两个月，像样的店和像样的空间都还没见过几个，只是莫名觉得这话似乎有那么些道理。

店里偶有结伴的客人，攀谈时轻声细语，喝完咖啡尽力不让杯底触及瓷碟发出突兀的声响。像是只有日剧里出现的那些优雅人士才会常备的自觉，在这里大多数客人都能默然履行，想必这就是老板建立的"氛围"吧。当然，日剧也是在店长推荐下才看的，小林通常不看那种节奏十分缓慢的剧，有一部讲继承母亲的三明治店的，他几次抱着电脑看到睡着。

站在店里时常难以想象，隔着一道木门，外面的世界遍布喧嚣。隔壁洗车房每天都有冒着泡沫的污水流出，另一边是常年人头攒动的本帮面馆，对面的连锁超市日渐衰落，但下午开始打折时便挤满老年人。附近不超过五百米处大约有六七个颇具规模的高层住宅小区，两栋布满餐饮和服饰品牌的商场，密集的人流间歇性地从商场入口处的地铁站鱼贯而出，都市里仿佛从来没有静止时刻。但隔着屋檐下这扇不起眼的木门，时间的流速仿佛变缓慢了一些。店铺门头简陋，紧贴洗车房的白色外墙看起来和普通居民房无异，很容易就错过了，唯有窗台上放着一套手冲咖啡壶和两只空的威士忌酒瓶，像是来自路人的一句善意的轻声提醒。目光循着这简陋的点缀往下走，便能看见几乎像儿童手迹一样的店名，"sayo"，中文名是"小夜咖啡馆"。

　　这一带是日本人密集居住的地区，再走两条街，便是著名的烤肉一条街，看不见除了日料店以外的餐厅。到了傍晚，居酒屋和日式酒吧纷纷营业，夜深了路边常能看到三两结伴的日本人喝得醉醺醺彼此搀扶着打车。"小夜"既然叫小夜，自然也不会在夜间打烊。七点后，咖啡馆就变身成为酒吧，吧台柜子上的咖啡豆被撤下，位置被五十几瓶酒（多数为威士忌）取而代之，店员们一律换下白衬衫和围裙，改为修身的黑色衬衣，十分讲究。这一切，当然都是老板的要求。

　　闲话了这么久，还是说回那位女客人吧。她和往常一样在吧台坐下，点了一杯手冲咖啡和一块店内自制的芝士蛋糕，从包里掏出笔记本电脑，翻开，很快开始有节奏地轻击着键盘。直到小林把冲好的咖啡推到她面前，才把视线从电脑屏幕前移开，抬起头对小林说谢谢，笑容在她白皙的脸上平缓展开。她喝了口咖啡，像腾出一点课间休息的时间，两手放松似的垫在脖颈后方，挤压着顺直的黑色长发，对吧台的方向问道："我打算下个月去日本旅行，有什么咖啡馆推荐吗？"

　　小林感到诧异，他并非那种喜欢主动和客人聊天的咖啡师，尽管女客人一周会来一到两次，他除了基本服务外几乎没有和她闲聊过。不过让他一瞬间不知道如何答复的主要原因还是他并没去过日本。很快他就反应过来，女客人是在询问站在他身边的店长。

　　店长阿吕在这间店已经工作了五年，不知是职业素养还是天生性格所致，几乎和每一位客人都能很快地熟络起来，并准确地记住每一位常客的名字。她正在调整装咖啡豆的透明罐的摆放角度，尽管早上小林拿出时已经尽量把罐上的标签一个个正对客人落座的方向,但在她看来明显还不够整齐。"打算去哪个城市呢?"听到询问她停下手里的工作。

"目的地是一个神奈川县的小岛,但会先飞到东京待两天。"女客人带着一种抱歉的笑容捋了一下刘海,"没办法啊,还是得带着电脑工作。上次听你说去东京做咖啡培训,应该有一些很棒的咖啡馆值得分享吧?"

小林看到那个笑觉得很奇怪,为什么要感到抱歉?

"我这里有一些之前拍的照片。"阿吕掏出手机,边点相册里的照片边为女生介绍。女生对着照片时不时发出"啊,这个店设计得真好看……""这个蛋糕看起来很好吃……"这样的赞叹。阿吕露出满足的笑容,似乎被夸赞的是自己,随即把被女生夸赞的店的地址一一在微信上发给对方。小林下意识看了一眼微信对话框,用户名写着"Yu"。鱼?还是羽?简短的疑惑从脑中闪过,但没有问出口。

十天后,不知叫作鱼还是羽的女生带着来自东京的伴手礼前来。还没到阿吕上班的时间,她便把两包东西交给当班的小林,说是在东京买到的咖啡豆,给店里尝尝。小林接过来，包装上写着"Weekends Coffee Tokyo"。女生继续和往常一样打开电脑工作。

下午阿吕上班时看到咖啡豆又惊又喜："你去这一家啦？"

"对，你推荐的嘛，果然各方面都很棒。"

"你喜欢就好呀。"

"虽然我个人比较喜欢那种有坚果味的中深度烘焙，但夏天嘛，喝一些水果香气突出的浅烘焙可能更让人畅快，所以带了他们主推的'瑰夏'给你们试试。"

通常在咖啡馆里，"瑰夏"当属是最贵的咖啡豆品种了，小林想，这个叫鱼还是羽的女生送起礼物真是大方。换作是自己，伴手礼可能随便拿一包最便宜的敷衍了事，反正是图个人情，肯定买性价比最高的物品。不过对他当下的经济状况来说，更有可能是什么也不买。

"你真是太客气了，那今天的蛋糕我来请吧！"阿吕盯着咖啡豆的背标认真研究了一会儿，拆开其中一包，挖了几勺放进磨豆机，尝试冲煮起来。等水烧开时问道："你去的那个岛，好玩吗？"

"嗯……怎么说呢，谈不上好不好玩。"女生脸上露出不知如何措辞的犹豫神情，"就是一个人迹罕至的小岛，虽然离东京很近，但连东京人都很少去，去为数不多的餐厅吃饭总是只有我和朋友两个人，只有一次遇到从群马县来的学生，说去那边探测地形。"

"原来你懂日语，好厉害啊。"阿吕由衷感叹。至今没和店里的日本客人用日语流畅交谈过让她很是遗憾，平时打理店铺耗去太多精力，以至于没时间精进日语，简单对话倒是会的。

"哎没有，我听不懂日语，只能听出口音不大一样。"女生很快否定道，像是一种贴心的解释。

她接着说："不过那个岛，风景是真的很好，慢慢走的话一天可以环岛一圈，海边有一处滩涂可以看到很多鹰，不是猫头鹰，是真正的鹰，非常多，几乎要落在人头顶上。"

"啊，那不会啄人吗？你胆子真大。"

"不用担心，动物轻易不会伤害人的。"女生停顿了一会儿，"这是一个潜水的朋友告诉我的，他曾经和鲨鱼一起潜水，说那在潜水圈也是很正常的事。"

"我的妈呀，这我可不敢……"

"我们在岛上待了两天，每天步行环岛一周，落日的时候在灯塔上还能够看到远处的富士山呢，从海边刮来的风非常冷，我穿太少冻得直流鼻涕，但是落日真是太美了，再冷也值得。你们想想，没有人烟的海上落日，不看哭是不可能的。"

"完全没人的地方有点危险吧？"

"还是有些当地人居住的，我们就睡在唯一的一家温泉民宿里，本地老字号，整个岛上的居民都会去那边泡温泉，躺在温泉里运气好的话还可以看到富士山。"

"运气不好会怎样？"

"会看到层层叠叠的云，山就被遮起来了。但云也非常美。"

"听起来很厉害，但你是怎么知道这样隐蔽的地方的？"

"也是那个潜水的朋友告诉我的，是以前的一个老朋友了。他住在日本很多年，去了日本几乎所有的海岛，最推荐这个，因为可以看到无人海滩。从东京坐电车两个小时就到，非常方便，但不知道为什么没人爱去，游客常去的是更靠近东京的另外一个岛，但这个明显风景更好啊！你们有机会一定要去看看。"女生说得有些激动，脸颊泛红，一边单手把笔记本电脑的屏幕扣上了。

"上海看海就没那么方便呢，至少看不到你发的照片里那样美的海吧。"阿吕若有所思。她的娓娓回应让小林无法分析究竟是职业素养，还是真的试图在感受女生感受到的那些——她和小林至今没机会经历的那些。

"是啊，其实很多国外的城市，开车不到一小时的地方就可以看到海，或者有非常美的落日的山。东京有，东南亚有，欧洲很多国家都有，但上海就是没有。虽然我是本地人，也喜欢上海胜于其他城市，但还是觉得住在这里有些遗憾。"

"北京也没有吧？"小林突然在此处插了句嘴。

"唔，北京也没有。"女生想了想说。

"感觉你去过很多地方啊。"阿吕持续地发出羡慕的感慨。水烧开了，她拿出滤杯和滤纸，耐心地将热水均匀注入咖啡粉内，褐色的液体沿着滤杯细细地滴下来。

三个人的视线有一个瞬间全都聚集在下坠的褐色液体上。

"你们说……"过了一会儿还是女生先开的口，她没有回答刚才的问题，反而又抛出了新的疑问，"海也不过是水而已，为什么很多水聚在一起，就变得那么迷人呢？"

"这我就不懂了，我是中原出生的人。"阿吕这次没有放下手里的冲煮壶，也没有移动视线。"小林好像是海边长大的，这个得问他。"

"小林是海之子啊？"女生扭过头问。

"海之子？哎哎。"小林下意识地使劲摇头。突然被问到，尤其被冠上这么奇怪的名号，一时间有些结巴。"海为什么迷人……这个问题我倒是从没想过……"

"哈哈不用太认真，我只是随便感慨一下。"女生笑了，沉睡的五官仿佛瞬间苏醒，变得生动起来。"我只是觉得，走进海里是件很有吸引力的事情。"

"走进海里？"小林有些诧异。

"嗯，和海融为一体，和自然融为一体那种感觉。怎么说呢，感觉人本来应该是那样才对，而不是现在这样，和建筑工业啊，机器啊，数码产品什么的待在一起。"

"怎么会这么想？"小林几乎是脱口而出，"天天和海打交道你很快就会厌烦了。"

"难道和人打交道就不会厌烦吗？"女生反问。

"啊……至少我不会吧。"小林快速思考之后给出了肯定的回答。

"你有女朋友吗？"女生的问题峰回路转。

"曾经有过……但已经分手了。"小林有些不好意思但还是照实回答了。

"那你对她产生过厌烦吗？"

厌烦吗？小林思索着。倒是没有，只是某些时刻有一点疲倦。当他站在吧台工作十小时，进行完最后的清扫、算账及锁门后，步行去地铁站的路上，女友想要打来语音电话的时候，他会感到疲倦忽然从脖颈向四肢蔓延开。细数今日又做了哪些事，接待了什么样的客人，吃了哪家便利店的便当，一开始讲讲还算得上是一种情趣，也能收获电话那头的鼓励和安慰，但时间久了，他只希望压缩下班之后到躺倒在床上之间这段时间，这一段夜间真空时间他什么也不想说，什么也不想做，只想机械地迈开双腿，等待站在家门口的那一刻到来。

异地恋的艰难就在于此，只有精力和意志力格外旺盛的人才能坚持，小林在决定来上海打工时就多少猜想过这样的结果，但没想到竟然一点出人预料的意外都没发生，他们就按照最传统的剧情那样分手了。

尽管觉得面前这位客人的提问未免有些直接，小林还是一边回忆一边将前女友的事讲了出来。

"异地恋嘛，对于新手来说能坚持三个月已经很不容易了。"女生安慰似的总结，"不是因为任何一方变心或劈腿，只是不可抗的外力造成的，虽然很遗憾，但你也收获了成长呀,在下一段感情中一定会体现出来的。"

但这种成长真的是好的吗？小林想。他自嘲般地轻笑一声:"可能下次我会找个同样在上海务工的老乡吧。"

"一个和你一样厌倦了海的女朋友吗？"

"唔,我们福建也不是每个城市都有海……我们老家宁德也只有不到十分之一的人住在海边。"

"是吗？我还以为福建省人人都能看到海呢。"女生一下子露出讶异的表情,看起来是真的缺乏地理常识而不是假装天真。

这时阿吕把冲好的咖啡分成三份递过来,说:"yu,你尝尝。""yu"她读了二声。

女生道谢之后喝了一口:"比我在东京喝到的还要好喝哎,阿吕你真的很厉害。"

"是吗？"阿吕难掩笑意。

这句话应该是违心的吧？同样尝了咖啡的小林心想,虽然是很昂贵的豆子但阿吕并没有把香气充分地冲煮出来啊,他在福州打工的店里喝过店长手冲的"瑰夏",那种果香混合花香的气韵和口感让他难以忘怀。鱼小姐(应该是鱼吧？)还真是不吝啬夸赞,说话也总是很照顾他人的想法,这个习惯是天生还是后天习得的？小林不得而知，他只是疑惑，这样生活不累吗？

下班回去的路上，小林又回想起那个可能叫鱼的客人说的话。来上海将近一年了，这是第一次有人和他聊起海。海啊，似乎从他出生起就环绕在他的周围了，对他来说海就是海，就像家里一件从没被移动过的家具一样，幼时跟着父亲出海买卖鱼料，也像是从家具的抽屉里拿一些什么物件出来使用一般，太家常不过的事，他从没想过它存在的意义，以及其他人或许从没拥有过这样一件家具的感受。

小林家三代都是渔民，最初是捕捞，到了小林父亲这一辈，变成养殖为主。小林记事起一家五口就住在水面上的鱼排房里，所谓鱼排房，是建在被成堆的塑料泡沫浮球托起、终年漂浮在海上的竹排之上的房子，以防潮的杉木搭建，屋顶倾斜。屋身仿若一台巨型的立方体冰柜，而二十几平方米的冰柜中竟能划分出两室一厅、一个厨房与厕所。方圆五百米的海域大约漂着二三十栋这样五脏俱全的水上房屋，根部连接着饲养鲍鱼的竹排，看起来像是稳定地驻扎在水上，实际上房间内始终感受到有节奏的摇晃，仿佛是房子的呼吸。夜晚，小林和大哥、二姐、父母五个人，便在这悠悠的呼吸中睡去。

黄鱼和鲍鱼是全家的经济来源，也是家里和米饭一样常见的主食。前些年市场不太景气，大哥买了艘快艇开船载客维持收入，二姐则因为父母重男轻女自小便遭到轻视，前些年早早嫁人后不太与家中往来，后来去了国外，但几乎没再传来过消息。父母对此好像也并不是那么在意，只觉得她既然出国，应该多多少少挣到了些钱，本应寄回家里一些的。可能因为大哥成家立业在先，小林中专毕业后只身前往福州打工，而后来到上海，这一系列向北部的迁移没遭到父母太多反对。只是春节回家时亲戚聚在一起，问小林出省务工能挣多少钱，父母帮他打圆场时脸上有尽力想要掩盖的尴尬。在家乡，读书好坏显然已经不能成为评价一个儿子是否合格的标准，很多中学时的同学毕业后辍学在家，继承祖业或跟随家族里的亲戚、往来密切的同乡做生意去。比小林大两届的堂哥没有读中专，离校后很快去大伯的水上超市帮忙。所谓水上超市，自然也是漂在水上的超市啦，小林的童年回忆有很大一部分储存在那里。从前，附近海域的邻居们买零食必须亲自开船去找大伯，现在交易随时代升级了，堂哥在微信上建了群，有人下单，他就开船出海送外卖。

大哥的儿子出生那一年，在市区买了套房子，一家三口简单地搬了家。大哥因为开船，只有周末才回到市区陪大嫂和孩子，平时仍留宿水上。小林毕业时大哥说："这两个家，你想住哪一个都可以，以后成家了再搬出来吧。"又道，"如果住鱼排上的话，就来帮我开船吧，爸养的那些鲍鱼一年比一年没销路。"小林回："哥，我想想。"大哥又答："阿光，我知道你想读书，但我们这里，读书不流行的啦，你也可以去做别的，但你究竟想做什么呢？"

小林想了很久，说："哥，你再让我想想。"

没多久，他简单收拾了行李，去往福州，借宿在开茶叶店的舅舅家。白天去餐厅做服务员，拿一小时十三元的薪水。那是一家年轻人常去的有些时髦的店铺，集咖啡、酒吧、餐厅于一身，是和小林同年还在念书的表妹在网上看到招聘，推荐给他的。小林模样清秀，短发细眼，不像青春期的男生长青春痘，皮肤紧实干净，来自海岛的健康肤色使他看起来像热爱田径的在校生。又因为假期在大伯小卖部和大哥的船上帮过忙，对服务业还算熟悉，简单面试后店长便让他来上班。

"当时的店长是一个热心肠的大哥，虽然我在外场做服务生，但他很热衷告诉我咖啡知识，有一次店里没什么生意，他在咖啡机那边鼓捣一会儿，端出六七杯让我尝，告诉他有什么不同。在这之前我以为咖啡都是苦的嘛，没想到那次真的在同样的苦涩之外感受到细微的差别，有的很冲鼻，有的很寡淡，有的甚至有些额外的香气。我告诉店长以后，他说我的舌头很敏感，适合做咖啡师，这个结论让我很开心啊，毕竟我不想一直做服务员，在此之前也一直没找到什么既擅长又可以营生的爱好。从那以后，我开始跟他学做咖啡，还学了一点调酒。"

面试小夜咖啡馆时，小林对阿吕说了如上这番话。

"后来我对咖啡越来越感兴趣，自己制作的咖啡也常被店长夸奖，他真是教会我很多东西。只是他也经常很遗憾地讲，这里懂咖啡的客人太少了，做得再好也很难得到欣赏，上海是全国咖啡行销最好的城市，想得到更好的发展还要去大城市才行。这个嘛，也是我选择来到上海的原因。"

可能是对这番独白很满意，也可能是尝了小林冲煮的咖啡觉得确实不错，阿吕随即让小林周末来上班，从兼职咖啡师做起。这回的时薪是二十元。

得知小林又要去上海打工时,父母露出一种如鲠在喉的表情,但也没断然说不允许。大哥倒很支持,说:"男孩子嘛,出去闯荡闯荡蛮好,闯荡回来才知道家里最好啦!"父母便也沉默着应允了。

小林想,给自己三年时间,三年看看能不能混出什么名堂。如果不行,再回家研究怎么利用网络替老爸销售鲍鱼。

于是他和千千万万从各自巢穴迁徙的鸟群一样,飞离长期蛰伏的家乡,成了一个沪漂。

来小夜咖啡馆工作后小林搬到离店两站地铁外的一处出租房,刚来时通过中介找的那间距离太远了,上班格外不便。现在这间由房东改造后能容纳六到八人的住宅是九十年代建造的,在上海算是"崭新"的民房,但内里装饰简陋,被简单粗暴地分割成单间后,几乎没有什么公共区域。房东是四十岁左右的本地男子,签合同时用上海口音的普通话,条理严谨地和小林一一核对合同上的细节,以及再三确认小林选择的那间没有窗户的小房间只能靠排风扇通风。小林说不打紧,更密闭的房间他也住过。半年以来小林和室友们默契配合地使用着公共洗漱台、厕所和淋浴间,不知是刻意还是怎样,彼此竟从未谋过面,只有和他们同住的房东时不时会出现。小林好几次正准备出门,撞见房东手扶着卧室门,让只有六岁的儿子双手扒住门檐,像在单杠上那样做引体向上。小朋友明显不太情愿这样的臂力练习,但房东看守在一旁像严厉的教练,不容反驳地数着数字。这种情形让小林难以理解,但看多了也便和楼下总在凌晨两点响起的洗衣机的噪音一样,习惯了。

在聊过海之后的日子里,鱼再光顾小夜时都会和小林聊上几句,不忙的话也会简单聊聊最近的生活琐事。小林没想到这位鱼小姐对于咖啡很有自己的见解,尽管她处处流露出谦逊,但对咖啡豆的产地、对应其产地应有的香气、不同冲煮手法达到的效果,这些资深咖啡师才懂的知识统统很了解。问到原因,她只说自己对每个感兴趣的领域都有深入挖掘的能力,不像很多人会有很多爱好,她往往只能对一两个领域产生好奇。工作上擅长的也是比较单一垂直的事,不能多线操作,留学回国后始终在同一家公司做文案的工作,虽然很忙碌,始终没有想过改行或跳槽。之所以经常来咖啡馆工作,是因为去年开始和公司请了病假，得以自由办公。而她家就在前面商场斜对面的高层小区里，她养了一只猫，不喜欢在家工作。至于病情，她说是一种不打紧的慢性病，再服药调理一阵子就好。

"那你的病，可以喝酒吗？"有一天小林谨慎地问。

"可以喝一点，怎么了？"

"是这样的。小夜已经经营五周年了，我们晚上是一间酒吧你也知道吧？"

鱼点点头："看得出来，不过我没有在晚上来过。"

"常来的都是外派到上海工作的日本客人，工作或住在附近。他们觉得这里有日本酒吧的感觉，很亲切。日本客人习惯点一整瓶威士忌存着慢慢喝，之后每次来只要报名字就好。"

"话说，我插一句嘴，你会在上海吃……沙县小吃吗？还是说，其实沙县小吃只存在在福建省以外的城市，你们本地人根本不吃的？"

"沙县小吃我家那边也有的，不太多而已。我在上海当然会经常光顾啊，因为便宜，还可以点外卖，只是食物种类不太相同。"

"我在国外念书的时候去中餐馆也有亲切感，但国外的中餐反而太贵了，不能常常吃。啊，还是说回威士忌。"

"唔，是这样。因为日本很多企业有规定，大概三到五年时间会召回员工，并且短时间里不再外派到那个国家，所以大概是今年吧，很多常客突然就消失了，很久都没再出现，但他们没喝完的酒都还存在店里，渐渐堆积了很多。"

"酒都付过钱了？"

"开瓶的时候就付过了。"小林指指吧台角落一侧的纸箱，里面装着大约有一二十个开封没喝完的玻璃酒瓶。

"竟然还有这样的事啊。"鱼感叹着。

"因为越积越多，也让我们产生了困扰，毕竟小夜不是面积很大的店，储存空间挺有限。很多客人我们无法联络上，所以也是最近商讨出来的决定吧——半年内没现身过的客人，我们也实在联系不上的话，就把他的酒自行处理掉。"

鱼露出恍然大悟的表情："所以，你要请我喝酒？"

"哈哈，并不是。老板说把客人付过钱的商品转送他人实在很不应该，但如果推出一款加入了威士忌的爱尔兰咖啡，赠送给经常光顾的熟客，也算是我们和那位存酒的客人一起带来的惊喜吧。"小林说。

"可是,爱尔兰咖啡里面加入的是爱尔兰威士忌,你们这些都是日本威士忌吧?"

"唔,因为是赠送,我们没预想过客人会介意这种细节……何况客人留下的这些日本威士忌更贵啊。"

鱼听完笑了出来:"这倒是的。不过你是怎么从一个咖啡师,变得也这么懂酒了呢?"

"也是在小夜工作以后慢慢了解的。"小林如实回答。虽然他觉得在新环境能学到新知识是再正常不过的事了,但还是觉得自己来小夜之后成长了不少,老板传达的,阿吕教授的,以及他自己观察到的,上海这个城市以及被它包裹着的群像,像带着香气的水果被缓缓剥开外皮,逐渐展露在小林眼前。至于过程中他失去过什么,是否辛苦,他觉得并不是那么重要。伴随失去的成长不是再正常不过的事了吗?

"那你知道爱尔兰咖啡的故事吗?"鱼问。

小林摇摇头。

于是鱼给小林讲了这么一个故事。

在爱尔兰的一家酒吧里,一个酒保爱上了一个常常夜晚前来却只点咖啡的女客人。爱上她当然是因为她非常美丽动人。一天酒保鼓起勇气问她,为什么每次只喝咖啡,女客人说因为自己是空姐,每次来喝咖啡都是要飞夜班机,一是提神二是工作前不能饮酒。酒保恍然大悟,那是他们第一次对话。之后空姐很久没出现,再来时,酒保欣喜万分,请她品尝自己研制的新品咖啡。他在咖啡液里加入糖浆,和威士忌一起缓缓加热,直到酒精挥发散去但仍存留着威士忌的香味时倒入杯中,在咖啡液上挤满奶油,一杯爱尔兰咖啡就做好了。空姐表示自己很喜欢这杯特调的咖啡,说下次来还要喝这个。但是那天过后,酒保再也没有见过空姐,不久以后,伤心的酒保跳槽去了另一个城市工作。然后又过去很多年,空姐和酒保在另一个城市相遇了,彼此都已经结婚。空姐告诉已经是爸爸的酒保,她后来去他曾经工作的那家店喝了爱尔兰咖啡,味道却和他做的有些不同,说不上是哪里不一样,这是为什么?已经当父亲的酒保不好意思地笑了,说,因为那时为你准备了特别的爱尔兰咖啡,却迟迟没等到你来,再见到你一时间特别伤心,竟然流下了眼泪,不小心混进了咖啡里,你喝到的应该是眼泪的味道吧。

"这就是爱尔兰咖啡的故事。一个酒保爱上了女客人的故事。"鱼做了总结似的收尾,一个深深的停顿。

"啊?"小林一边还在思考这个俗套传说的真实性,一边因为听到酒保和女客人这两个词而感到微微的脸红。

"眼泪的味道应该就是咸味吧,所以爱尔兰咖啡应该是有一点盐边才对,我想提醒的是这个,毕竟我在全上海有爱尔兰咖啡的店里都没喝到咸味。"

"唔,我们的配方也没有加盐……"

"那你们可以尝试看看,做不一样的爱尔兰咖啡,一会儿给我的那杯就试试看吧。"

小林犹豫地从纸箱里拿出威士忌。

"所以本月给我们带来惊喜的是谁?是哪位先生存的酒?"

小林转过酒瓶上的贴标,看了一眼说:"这瓶来自落合先生。"

"那么,谢谢落合先生的爱尔兰咖啡!"

这次聊天之后,鱼在小林心中的形象像一张不断补充线条和细节的素描,逐渐立体起来。此前鱼虽然长着一张白皙柔和的脸,五官也微小精致,眼神毫无攻击性,但没有笑容时呈下垂状的嘴角总让人从心里难以靠近,说不清是缺乏睡眠还是天生就如此慢悠悠,她脸上的微表情相比话语总是姗姗来迟。她不知道自己笑起来很好看吗？笑一笑多好啊！小林经常这么想。在小林眼中，鱼算是生活在这个城市里的某种类型的女性代表，不到三十岁的本地人，留过学，尚未结婚，不想和父母同住便搬了出来，有足够的财力支撑高档小区的房租，以及浑身上下没有刻意彰显却被细心的阿吕观察到的名牌服饰，定期出国旅行……支撑这算得上精致的生活方式需要在还算不错的家庭基础上格外努力工作吧？

鱼有时也会给小林推荐她在上海喜欢的咖啡馆，小林一一记下，趁每周唯一的休息日去探店。这个行业里，去其他店里探访学习似乎是很常见的事，很多同行都互相认识，彼此热情交流的也不在少数。小林独自一人前往时，健谈的咖啡师见他一个人来，便像洗发店的洗头小哥从"水温可以吗"一样从"咖啡还行吗"打开话题，顺遂地将接下来的问题无尽延伸。

"住在附近吗？为什么会选择来我们店喝咖啡呢？"

"平时喜欢喝什么口味的咖啡？喜欢加牛奶吗？"

"噢，感觉你也是很懂的人啦，现在上海优质的咖啡馆越来越多啦对吧？"

"下次什么时候再来啊，或者平时我们做杯测的时候你也可以来玩啊,我们加个微信吧!"

诸如此类。反观自己的服务,温和、有礼貌、内敛,却缺少了那样的自信和自在。同样是父亲的儿子,小林没有像大哥那样遗传到周全的社交能力,总是显得谨慎、小心翼翼,闷着气一言不发地决定过很多大事。当他被热情相待时本以为会不太习惯,没想到竟然感觉还蛮放松的,热情真是让人产生安全感的行为啊!他决定今后尝试改改内敛的性格,像阿吕那样和客人多聊几句,他还从没加过任何一个客人的微信呢。

记不清是何时开始了,小林早上洗脸时,会对着镜子进行几次微笑练习。微笑,肯定能改变什么,练习也是一样。现在想来房东强迫儿子做不太规范的引体向上,想必也是一种练习。人类为了促使自己和整个族群进步壮大,在努力的方式上各行其道,不断寻找和练习,手法大不相同,目的却是类似。

入冬后,鱼有一阵子没来了。爱尔兰咖啡因为得到不少熟客的夸赞,被正式当作一款冬季饮品加入菜单售卖,不加盐的那种。鱼却有一阵子没来了。

上海的冬天异常湿冷,上一个冬天小林就被冻到想逃回福建老家，有时夜晚下着冰雨，他哆嗦着锁上店门走去地铁站，心也和踩在脚下的落叶一样被雨浸泡。这样消极到想要放弃的夜晚偶尔来袭时，他想如果哪天离开上海，不会是因为没有赚到足够的钱，或没有女朋友而感到寂寞，应该只因为一个理由，这里的冬天太冷了。

小林没有想到会在过完新年之后，凛冬即将退场之时，得知一个令他震惊的消息。

某天上班，阿吕在供员工休息的角落久久地盯着手机屏幕，一反常态地坐了很久，像在等一个重要的人的来电。后来她走进吧台，举着手机像是确认一样让小林看上面的信息，那是鱼最新的一条朋友圈。

上面写着：

抱歉，用温好的微信发布她本人的讣告虽然荒唐，但属于无奈之举，这也是我们能想到通知小好生前好友唯一有效的方式。小好已于昨日凌晨离世，作为父母，我们深感悲痛，但也只能尊重她自己的选择。只希望她走时没有痛苦。追悼会将于本周五上午九时在龙华殡仪馆进行，各位若有时间，届时可前来见小好最

后一面，毕竟她生前喜热闹。微信这里将不会
再更新了，在此告知，也希望各位身体安康。

　　小林盯着这条信息来来回回在心里读了很多遍，像
中学时读不通畅的文言文一样，感觉艰涩、遥远、朦胧
且抽象。每一个字句似乎都蕴含着巨大的信息量，让他
难以咀嚼、吞咽、消化。

　　他把手机拿过来，又翻看了其余的朋友圈。这是他
第一次看鱼，哦不，至此才知道她其实叫妤，这是小林
第一次看到妤的朋友圈的样貌。一些简单的日常笔记，
像书签一样起标刻作用的生活照，旅行时没有赘言的朴
素见闻。最近更新的照片仍然是日本的海，不知是旧照
还是又去了一次。

　　隔了很久，小林把手机递回给阿吕，抬头与她对视：
"……是自杀？"

　　阿吕把手机塞回围裙口袋。"如果你也这样觉得，那
应该是了，我起初不敢确信。"

　　"我现在也不敢确信。"小林仍没有从震惊中恢复过
来，怎么会呢？

　　有客人陆续进来，两人不得不投入工作当中。

忙碌的间隙中，阿吕小声问："你说，这样的朋友圈也不适合点赞对吧？"

"嗯。"小林心想，当然不应该。但他们能做什么呢？他们这样的关系，他甚至连好的微信都没有。尽管进行过那么多次聊天，她对他初来上海的生活进行过多多少少的指导。如果说人与人的了解，像互相为对方翻书的话，他们已经翻过了序言，彼此翻阅了好几个章节了吧。然而她的追悼会，他好像也并没有一个确切的理由去参加。

过了两天，大约终于能确认这个事实，好再也不会出现在小夜，也不会再出现在小林和阿吕两人生活中这个事实，小林才鼓起勇气对阿吕问出他心中久久无法消退的疑问。

"到底为什么会选择自杀呢？一个看起来那么优秀……没有明显缺憾的人。"冲咖啡时看到液体旋转滴落，小林脑中思考的事也如积雨云凝聚。拥有着他可能再努力很多年才能获得的生活，甚至怎么努力也无法与这样的城市产生的与生俱来的优越关系，拥有着某种自由，也拥有着那样能感染他人的笑容……这样的生命非要如此短促收尾不可吗？家人发布的朋友圈像是替她补齐了那个结尾空白处漏置的句号。

阿吕摇摇头，没有停下手里的工作，似乎什么也不想说了。

小林还是想不明白，也知道自己没能力想明白。他只知道，好不会再来了，和那些开了酒没喝完却突然消失回国的客人不同，她没有留下什么和回忆有关的物件，也没有留下惊喜的可能性。

那之后小林在小夜继续工作了大半年，在又一年冬天初始时离开了上海。以前福州工作过的咖啡馆的店长创业开新店，让小林过去做管理。小林是在咖啡行业发展最好的城市演练过的老手，工资已有理由翻倍。他把他这两年所学引用到店里，来自小夜老板的观念，师从阿吕的培训，在福州当地无一不算得上新概念。店里的生意越来越好，隔年再扩新店时，小林已有资格成为合伙人。

每到冬天，尽管福建的冬天并不算冷，爱尔兰咖啡还是作为店内的招牌销售火热。小林培训员工，时间充裕的情况下尽量和客人聊聊爱尔兰咖啡的故事，那个他们之所以要往咖啡中加盐的缘由。虽然有些俗套，但客人们爱听故事。

小林和一个本地女孩结了婚，一年后孩子也出生了。作为合伙人的收入已能担负起三人的开销，便让妻子辞去工作在家，偶尔来店里帮忙。还有结余可以每月寄给父母，二姐的那份他也一并包含进去了，父母对此感到挺满意。

　　小林变成了林，林的生活还算得上顺顺利利。

　　不过没两年，咖啡文化在当地迅速发展起来，很多如法炮制售卖爱尔兰咖啡的新店横空出世。新型咖啡馆遍地开花，林的店很快受到冲击，不得不关掉了其中两家，只剩两家还在维持。他又去过几次上海，阿吕带着他逛上海新开的咖啡馆，看看有什么值得学习的。阿吕仍然在小夜工作，但老板已将一部分股份赠予她，她变成了小夜的老板之一。

　　"不如你跟我去一趟日本逛逛吧，能学到不少东西。还可以参观 Sayo 桑在东京的工厂，做咖啡豆出口的，保不准有什么合作机会。"最近一次见面是林第二家店不得不歇业以后的事，阿吕这样对他提议。林的内心也盼望生意能发生转机，不然再这么下去，儿子上幼儿园以后，妻子可能就得重新出来找工作了。

　　他随阿吕和两个小夜分店的店长一起去了东京。

这是他第一次去日本。距离他第一次思考起自己什么时候才会去日本看一看，已经过去五六年的样子。虽说在他身上没发生什么根本上的巨变，但他已经不是从前那个自己了。他现在是丈夫、父亲、一家（曾经是三家）咖啡店的合伙人，也是一个会寄生活费回家的儿子。

日本和他想象中差别不大，他置身其中想到了曾经看着日剧昏昏欲睡的时光。日本很多传统咖啡馆，确实都像是小夜的复刻，或者说小夜确实是它们的复刻。他第一次来日本，却像来到一个已经熟识的场景，这样的感觉也十分奇异。在Sayo的烘焙工厂，林谈下了福建地区咖啡豆售卖的代理。不得不说是机缘巧合，他竟然因为工作需要而时常来到日本出差。来自东京的咖啡豆在福建地区的销售一开始并不理想，因为价格不算低，很多咖啡馆进货时还抱持着观望状态，林只好挨家走访福州当地的咖啡门店（竟然大部分还在热销着爱尔兰咖啡），和负责人详细解说Sayo咖啡豆的优势，等到去东京时再将国内客户的建议和要求反馈给工厂，并努力尝试争取到更低的进货价。出国次数多了，他开始兼做一些化妆品和服饰代购的生意，妻子帮忙做发货和售后。有时当天谈完事就可以返回，流程复杂时则需要住上一阵子。他坐电车周游在城市的工厂与购物商场之间，很偶尔地去过附近一两个县区游览，却始终没有见过海。

至今想来，那算不上是多么特殊的一天。在涩谷商场采购完热销彩妆已是晚上九点多，东京的冬天虽然很少有雨，但冷起来也十分要命，他感到饥肠辘辘，在附近随便找了家拉面馆解决晚饭。和往常一样点了一碗拉面，配一碟煎饺，那是最接近他喜爱的家乡食物——拌面和蒸饺的复刻品。因为第二天还要去烘焙工厂面谈，所以只点了一壶清酒，要了热的。老实说，那些当年来小夜的日本客人，开一瓶本国威士忌独饮，时不时要和站在吧台的自己聊天的心情，他现在也逐渐能够体会一二。只是他现在仍旧没赚到能轻松走进酒吧开整瓶威士忌的钱啊！如果没有关掉那两家店的话或许经济上会自由很多……再或许没有孩子只有他们夫妻两人的话，生活也会更轻松一些吧……但这些"如果"都不成立。他这次计划把广东地区的咖啡豆销售代理权也拿下，本省销路不够可观的话，去其他地方寻求一些机会总是好的。

喝完一壶酒身上暖起来，他没忍住又要了一壶，喝完发了一会儿呆，离开店里。走了几步店员从身后追上来，三大袋采购的化妆品竟忘了带。他重新提在手上走去电车站。涩谷站任何时间都人潮汹涌，接近末班车时刻更是挤满了一心想要回家的人。林跟随人群经过扶梯，走上站台。站台两侧没有护栏，寒风肆窜，很多喝得醉醺醺还穿着西装制服的男人歪着脑袋等车，看起来像已经睡着，也不知他们是依靠哪里来的神志刷卡进站，最终准确无误地踏进回家需要搭乘的那班车的。林盯着没有护栏的站台深处，长长的嵌入地面的铁轨延伸至远方，近处这一节在站内灯光的照射下，闪着幽光。而远处的轨道，有些像记忆里天未亮时随父亲出海买鱼料，在晨雾中遇见的驶离港口的船队。渐行渐远，和那段旧年回忆一样几乎消融在黑暗处。

有隐约的光亮在远处闪现，但分辨不出是靠近还是远离。林很想像小时候朝雾中同样前来交易的船只打招呼那样挥起双臂，也想一跃而下奋力追上那束光亮。游进海中。追上大船。靠岸。回家。他大概是这么想的，对着那幽深的电车隧道，犹如对着一边注水一边滴滤的咖啡壶，回忆如积雨云凝聚，重合，碰撞。

一阵风卷来，回过神后，那束光亮已然变成一列停靠在站台的电车。林这才意识到，刚才他想要跳下去。

他捡起不知何时散落在地上的购物袋,在等车的长椅上坐下,后背汗津津的。后知后觉的酥麻从胸口流窜至四肢,他几乎是瘫坐在那里,任凭全身上下不受控制地逐渐失去知觉,只有脑袋里的积雨云仍在碰撞。

短时间内,他想到了很多年前曾在他心头留下过一片云的叫作鱼的女生,后来才得知她的真实姓名,在得知她死讯的同时。隔了这些年,他好像终于能够理解当时难以消解的困惑。人到底要如何应对自己的命运,又该做出怎样的选择。

他曾经不能够理解甚至无法原谅的好的行为,像荒原中的一记闪电击中了八年后的他。那些没被喝完却失去主人的威士忌,那个关于爱尔兰咖啡的故事,那个叫好的女生以及她讲述的海,都像逼近站台的电车,不由分说地横亘在他的面前。打开车门,短暂停靠,然后关闭车门,拖着沉重的躯体加速驶离。

林在长椅上坐了一会儿,等到末班车的催促广播响起,身体逐渐恢复了知觉。远方来了一辆车,他提上购物袋钻了进去。

# 不如我们匍匐前进

陈荞

"早点过来,带了个朋友给你们认识。"

收到林栋的信息时电影刚散场,虽说也可以吃个晚饭再过去,但想到周末在淮海路找一家不等位的餐馆无异于苦战,陈荞就觉得今天的约会可以到此结束了。对于身旁穿白T恤和高腰牛仔裤、新发的联名款球鞋、头戴棒球帽(似乎是今夏突然流行起来的装扮)的年轻男生,短暂出现的留恋转瞬即逝。说来奇怪,最近约他看的两场电影观感都远低于预期,知名导演、热烈的前期宣传、点映口碑爆棚,让人满怀憧憬地买票入场,结局却大失所望。想想这样一个周末，竟煞有介事地献给了这样的电影，陈荞走出影院时失落和困意一同袭来。男生却持续着观看前的兴奋，称这是可以打九分的作品，等红灯时扭头问陈荞，好看吗你觉得？陈荞看着那双硕大且四周细纹全无的眼睛说："挺好。不过我下一摊马上开始，就不陪你吃饭了哦。"

绿灯开启，人流涌动，像奶茶底部的珍珠被吸管搅拌起来。陈荞贴着人群的缝隙过斑马线，和陌生人的间距比和身旁男孩更紧凑。在地铁口停下脚步："那就送你到这儿。"男生倒也没露出什么遗憾的神色，不失明朗大方地挥手说再见。他没有选择乘扶梯而是几乎跳跃着走下台阶，移动的身影像掉落的玻璃弹珠。最终我会让这看似扛不起忧愁的背影失望吗，就像刚才那个导演带给我的一样？这样的疑问和地铁口溢出的冷风一起吹来，陈荞差点站不稳。但很快安慰自己，像他这样的男孩怎么会有真正失望的时刻呢？他看起来对周围发生的一切兴致勃勃，充满能量，每天都活得像他们在夜店相遇的那个不需要睡眠的晚上，犹如拥有一件透明如鸡蛋内壳膜的保护层，偶尔闪现的黯淡情绪像调味剂，是零星的装饰，无法成为生活的主菜。她曾几何时，也是这样。

才七点，店里一桌人也没，空气清净得能闻到顾晓清选的日本橙花香熏的味道。三个人占据了风水最好的角落沙发位，陈荞到的时候桌上已经摊开几个杯子，林栋第一杯 old fashioned 冰还没化掉一半，坐在黑暗中眼神熠熠。顾晓清违规先喝了 shot，像把腮红打到了眼底。他们惯常的规矩是先喝一杯长饮，再一人两杯 shot，有状态了再匀速慢慢喝，和为了减肥去健身的人节奏差不多，从热身到无氧再到有氧这个顺序。陈荞对健身有所了解也是这两年发胖以后的事。坐下来点了杯金汤力，跟林栋身边的陌生人点点头，算是打招呼了。没想到对方硬是要站起来握两下手，手心比室外的风还热。陈荞瞄了一眼，八月天，这人穿了长袖，深色棉麻衬衣领口能看见里面还穿了件灰 T 恤。

"不好意思，我们先喝了一会儿了。"他说。

"这是老马，摄影家，马老板。"林栋介绍。

"我知道，听你提过。"陈荞说。

"其实也见过的。"老马接过话来。但陈荞努力想想，没印象了。老马笑说不勉强。

"老马常来消费的呀。"顾晓清说，"林栋老婆不是被安排到他们画廊做策展了吗，也一起来过的。现在只有你还没见过林栋的老婆啦！"最后一句被她加重了语气。顾晓清长着一对笑眼，笑起来眼里像有花盛开，看人也似富含深意，至于是什么深意，你只能自己体会。

见陈荞没接话，顾晓清把她拉到身边说："这人比我们大十来岁吧，之前还想泡我呢，让我去他影棚拍照片，我答应了，没去。"说完眨眨眼。私下里她解释笑着看人的时候其实什么也没想，只是天生长这样，总令人误会。

"是么。"陈荞看看老马，顾晓清声音不小，他应该听见了，但依旧保持笑意地和面前三张也已经谈不上年轻的面孔坦然对视，什么也没有反驳。

林栋搬回上海一年多了，三个人常在顾晓清店里喝酒。当然去别的店顾晓清也不会允许。这是林栋第一次带男性朋友来。陈荞重新端详老马，垂到眉毛上方的短发有些挺括，可能发质硬的缘故，整个人有点像脑袋没打理通顺的布偶，鼻梁骨突出，眼窝深陷但神情温和，有种上了年纪的松弛。两只袖口卷起来，露出两截四十几岁（或者更老？）的手臂……除了比林栋裸露在外的胳膊上多了串小粒的珠子，倒也没什么不同。现在都市中年男人真是越来越看不出年纪了，好像只要保持干净，别发胖，稍稍维持些运动，就不至于垮得很厉害。

"接回刚才的，你能不能少让我老婆加点班？"林栋颇认真地看着老马，"实在不行你再多请个人，我把钱付了，替她把工作做掉，好让她回家的时候开心点。"

"光听这段，会觉得你对老婆好好哦！"顾晓清笑着说。

"当然好了。"林栋说。

"那你当年怎么没对陈荞好点呢？"

陈荞翻了个白眼，意思是怎么又来，这个话题不是早该过了吗？她和林栋都恢复建交一年多了，顾晓清还是时不时翻过去的旧账。

"既然对你老婆这么好，出门旅行怎么不带上她呢？"老马是对林栋说的，眼睛却看着陈荞，笑眯眯的。陈荞感受到注视抬头看了一眼，很快低下头。这人怎么回事，眼神也这么热。

顾晓清在旁边说，就是就是。

林栋面露无奈："哎，我为什么一个人出去玩儿？她们不懂，老马你是结过婚的人，还能不懂吗？"


上一次他们聚在这里喝酒，是林栋出发去土耳其之前，挺振奋地跟她们分享对独自旅行的期待，称之为婚后难得的闲暇时光，她们不会懂的。陈荞想我们当然不懂，我们都没结婚。很多林栋现在不屑细述的事，她开始学着不去刨根究底。例如林栋认定无论语言有多么神奇的功效，也不能在男人和女人之间，已婚与未婚者之间搭建桥梁。她不打算反驳，林栋没结婚之前很爱叽里呱啦对她说很多话，还说过人世间的很多快乐，都因分享而升华。但他现在却学会了筛选和省略，对沉默也驾轻就熟，这可能是婚姻教会他的。有时陈荞想，对语言的编辑让成年人的世界变得更温柔了吗？还是更冷酷？顾晓清劝陈荞别想那么多，以前话说得多是因为没钱买更多的酒，穷鬼干坐着除了聊天还能干吗啦？她开了酒吧以后老板娘的气势很足，像已忘记当年三番五次求林栋请她喝酒的时候。

"我就不懂装懂吧。"老马哈哈一笑，端起杯子和大家碰。

自从林栋忽然搞大了交往三个月的女友的肚子，紧接着辞职，结婚，搬去北京，开始创业……前半生的大事几乎在半年里发生完了，生猛得像一场台风过境，也因此匆匆迁移出她们的服务区。这都过去好几年了。再返回上海是因为儿子出生，全家躲雾霾。陈荞没想到他也会迎来务实的一天。当他们三个再坐回一起喝酒，老实说有个瞬间陈荞以为时间凝结成了绳状固体，中间被掐掉一截，断裂面自动接上了。大家面对面坐在那里，像回到当年在公司为了赶项目借酒续命的时候，每晚都得找地方喝一杯。只是彼此酒量都大增，也不再关心酒单上的价格。

曾经喝酒的队伍当然更壮大些，七八个年轻人几乎是全公司执行力最强的项目组，因为年轻，又单身，上下班常黏在一起，像串扯不散的风筝。便利店买啤酒结伴去，在底楼抽烟时围成一圈，用烟灰在墙上搞创作，画得最好的那个人成了陈荞前男友，不过那是很后面的事了。下班后常常群里喊声吃什么，几个人就陆陆续续从各自工位上站起来，像某种仪式，汇聚到电梯口，吃完一轮再回来加班。每周一次居酒屋是必要的，附近的日式自助都被吃遍了，对着生鱼片讲过无数个八卦和笑话，每个人都在酒杯里留下过真心话。回想起来，那真是一段不后悔昨天也不惧怕明天、以为能持续更久远的日子。直到林栋辞职结婚，像勾断了本以为会十分牢固的风筝线。也是差不多从那开始，陆续开始有人掉队，脱线，离开。好好一群人，像整袋饼干被重锤一拳，碎的碎，掉的掉，什么也没有剩下。

而我们像被风刮回的三块残渣，陈荞这么认为，或者林栋形容得更为贴切，是河塘里捞剩下的三条鱼，还能凑在一起，万幸又孤绝。林栋喝了酒仍然喜欢说些努力往文艺青年身份上靠近的话，如果说他哪里没有变，大概这点算得上吧。

店里昏暗，只有桌上的烛台荧荧地照着，林栋凑近火光，指着鼻梁和左眼斜下方的两块阴影说："看我都脱相了！唉，主要是，我跟你们说，我和小A分手了。"

## 林栋

林栋这趟在土耳其差点挂掉，原本计划旅行两周，实际上只进行了三天，后面都是躺在医院里度过的。一开始什么也不记得了，醒来面对用湿毛巾帮他擦身的皮肤黝深的女护士，心里只有茫然，没有害怕。他这辈子好像还没真正怕过什么，除了前年儿子平平被诊出肺部有问题，排查是肺结核还是肺炎的时候，急过一次，心慌得像胸口被戳了孔，直漏气。高中那几年林栋一直以为自己的呼吸道是根有裂缝的塑料吸管，别人空着肚子跑早操都没事，跑完还能早自习，他没接上气跑晕过去两次。同学踢球也不愿意叫他一起，他得球后停下来大喘气，导致队友输过几次。不过高考一结束，就像服用了某种药片，那种感觉逐渐消退，再没遇到类似的经历。印象里他妈妈心脏也不好，虽然定居加拿大以后就很少再听她提过，但恐怕这是家族遗传。自己没什么，他担心平平以后会有这方面困扰。

起初女护士问起家人朋友，林栋摇头，什么也不记得。但翻完微信很快就想起这趟是一个人出来的，李琛带着平平去东京迪士尼了。手机不让多看，给李琛回了消息，又看看她朋友圈，就把手机给护士了。养了两天，想起一些前阵子的事，又过两天，想起一些人，大概一周后，林栋的脑袋就恢复了正常。他回忆起以前有个日本客户，雨天在路上摔了一跤，轻微脑震荡，失忆的情况也跟他差不多，最后他跟进两周才把合同走完。他觉得自己这次算幸运，高速上翻车听起来怪吓人的，后果却和雨天在路上摔一跤差不多。只是脸上和身上多了几处伤口，女护士拿手机调出自拍镜给他看的时候他吓一跳，脸已经肿得塞不进屏幕了。那时候流了点眼泪，怕平平因此认不出自己。他以前总想跟儿子说：你爸爸我年轻时可是个靓仔，你以后受女孩欢迎也都是遗传我这张脸。但平平才三岁，听不懂，这话要再憋几年。眼泪流进纱布里排不出去，脸上直痒，护士用严肃的英文说，疼我们能帮你用药解决，痒就帮不了你了。于是他把床摇平躺下来，闭上眼，回到那天傍晚的高速公路。两侧的天地像用水粉颜料薄薄刷过一层，高处是黯蓝，中段暖黄，最下是青灰，衔接处柔软得像芭蕾舞女的纱裙。可能是纱裙让人失神，车身撞向围栏前他都毫无察觉。直到感受到类似小时候在游乐场玩碰碰车时的震动，他才意识到自己的身躯随着像棉花糖一样轻盈有弹性的车体，已经在空中翻了个180度的半弧。他在车里歪着脖子倒视了一会儿人间，没感到什么特别之处，只觉得困。胸口被安全气囊顶得闷得慌，又想漏气。等再醒来，天已经全黑。仿佛有盏舞台灯打在他头顶，抬眼看周围像处于上帝视角，所有人都为他一人忙活。不远处，他租来的那台明黄色吉普车卡在围栏的褶皱里，纹丝不动，像块被打翻的乐高积木。

他在担架上努力撑起胳膊，想这还挺像一部电影的开场画面啊，很快又昏过去。这些是他在电话里告诉陈荞的，他说自始至终都没担心过死，总觉得自己不会，就算会也不怕，反正命运都是安排好的，该来的肯定会来。只是这几天独自躺在病床上，床小且硬，女护士英文说得极为蹩脚，他想找个人说说话。

"想来想去，应该只有你懂我在说什么，对吧？我跟你说过我以前还想过当导演吧？我当时就觉得，操，这就挺像一个现成的开场镜头啊。"

"拿车祸当开场的电影太多了，你这个品位速降的，能看出这几年是真放弃电影了。"陈荞在电话里没有说出自己的担心，高速上的车祸可不是儿戏，林栋怎么总能把许多事都当作儿戏呢？听他能好好跟自己说话，她才放下心。想问他疼不疼，嘴上问出的却是："没跟李琛和小A说啊？"

"没说，李琛带平平玩儿呢，没必要操多余的心。"林栋嘴包着纱布，说话不太利索。"小A嘛就……"又哼哼唧唧地笑了两声，"我们很少说话，很少用嘴说话。"

小A是林栋的布料供货商，去广州出差的时候他们睡过两次，后来就自然而然地保持了情人的关系。

"神经病吧你。"陈荞隔着电话骂他。

"哈哈哈，爱情诚可贵，友谊价更高！要不是李琛还总介意你，我经常想跟你这么聊聊。"林栋远在土耳其的声音听起来挺真诚。

林栋刚认识陈荞的时候，她就是个好听众。那时公司离"育音堂"酒吧很近，他们常下了班去看演出。对了，翻车前配合窗外纱裙般的天，车里放着 mouse on the keys 的新专辑，那是他和陈荞一致认为最适合开夜车听的乐队。五年前一起看过现场，鼓手最后演奏完把鼓槌抛到空中，热汗把T恤和头发都浸透了，他亲吻鼓面，振奋地伸展双臂跃入台下的人群中。他俩当时都觉得，像这样，把自己拧干一样用力地做着某件愿意为之付出生命热情的事，真是令人向往的美妙状态。他们不知道自己还能为什么付出热情，那时电影和写作的火焰已经分别在两人心中熄灭了，急需新的火种却尚未找到。演出完林栋习惯在旁边公园的草坪上抽会儿烟，美国回来以后他有很多习惯改不了，陈荞没抽过，但递给她的时候她没拒绝，抽两口以后脸上便缓缓浮上难以自控的笑意，看人的眼神也不再躲闪了。她这人平时看着很柔和，甚至脆弱，走路常轻飘飘，林栋一度怀疑她的骨头是空心的，走在她身后感觉能像小鸡一样把她提起来。她看起来身体和脑袋里都塞不下什么东西似的，五脏比常人都要小很多，但当她成为听众，坐在对面看着你讲话，就感觉她身体里有一个巨型泳池正缓慢地蓄水，怎么也蓄不满。"陈荞，你真是海纳百川。"后来林栋把烟戒了，开始组织酒局，这句话就成了大家碰杯时很爱说的口号，说完除了陈荞以外所有人都会笑。陈荞表情温柔，但想让她笑也很简单，她酒量有限，两杯之后就会露出贱笑，说话变得横冲直撞。林栋也是这时候觉察出她可爱的。他乐于见到这种反差，看见平静的人变癫狂他总是特别开心，想让他们肆无忌惮地展现自我，想让他们发现就算像他这样没脸没皮地过下去也没什么。那两年他急于改造陈荞，也确实有所成绩。林栋想起自己在陈荞面前说过很多奇怪的言论，也做过很多诡异的事，具体他不太记得了，宿醉的人只记得自己吐没吐，哭没哭，说出的或多或少真心的话语反而像被雾打湿，留不下来。陈荞可能都记得吧，在他看来她从没真正喝醉过，总用一双能溅起水花的眼睛看着自己，把他的醉态和妄语一网打尽。

  结婚搬去北京以后，林栋不再承认自己有要好的女性朋友，李琛也不允许他有。她说什么就是什么吧，她开心就好。如果说怀孕是意外，结婚则是林栋接受了这样的意外。他觉得也没什么。小时候买正版磁带也会听到卡壳，迎来空旷的静音，林栋往往不会再拿去音像店要求退换货，他会把它收好放进抽屉，放回众多盘磁带的身旁。从民政局出来，林栋把结婚证撕了，在他解释这样离婚就没那么方便了以后，李琛脸上的震惊转变为感动，一边说林栋这个人太形式主义，一边高高兴兴地挽上了他的胳膊。林栋当时觉得，这样也挺好，娶了一个开开心心的人，希望她今后也能一直开开心心的。

## 老马

"回上海以后我总感觉要做点什么，文艺作品里不都是这么写的吗，经历完生死要做件大决定。"林栋喝完两个 shot，又加了杯威士忌，手指推着玻璃杯打转。

"是会做个大决定。"老马点头。

"所以我就跟小A分手了。但还得继续合作啊，她对我们衣服制作一直挺上心的，你们说她以后不会乱来吧？"

"这就算大决定啦？"顾晓清很不屑，"那还有小B小C呢？你乱七八糟的关系太多。"

"别损我了，我都这样了。"林栋委屈地说。

"你就是欠，欠被人乱来。"顾晓清说。

老马发现陈荞一点也不吃惊，像早就知道林栋的决定。她此时双眼镇定得像摆在博物馆玻璃柜里有些年代的器皿，和第一次见她慌乱如小鹿般的眼神完全不同了。去年画廊办展览时他们见过，还打了招呼，陈荞不记得了，她当时心思不在这上面。那天是她隔了将近三年再见到林栋。林栋联系上她和顾晓清没多久，有天在群里发了张海报，说："我老婆协助策的展，来看看？"陈荞和顾晓清对展览无所谓，相约一起去看林栋老婆。结果头尾站了近两小时，林栋也没有介绍任何一个女的给她们认识。陈荞站在人堆里无所适从，一个劲喝香槟，越喝越不知道自己为什么要来凑这个热闹。后来林栋被顾晓清拽到陈荞面前，三个旧人相互对看，一时竟也不知说什么。手里的香槟很快见底，叫侍者来各自又拿了一杯。

陈荞假模假样环顾四周，问林栋："你儿子呢？"

"哪有看展带儿子的？看完一起吃个饭呗？"

"你老婆呢？给我们介绍介绍。"顾晓清说。

"忙呢，一会儿结束了还得去接平平。咱们吃个饭去？"林栋嬉皮笑脸的。

"你现在不得了，什么设计都能轧一脚。"陈荞指指门口的海报，在她看来林栋的设计风格越来越鲜明且自成体系。

"也是帮朋友忙。"林栋说,"一会儿咱们吃个饭去吧?"

陈荞犹豫着没说话。

"吃不吃嘛?"

"行了知道了,吃饭吃饭。"老马站在不远处,听见两个姑娘齐声回了林栋这么一句。

陈荞是比那次见圆润了一个尺码,但仍显得小巧白净。老马观察下来,陈荞不是那种神采奕奕的女孩,却有种温柔的美感,放在人群里看起来像迷了路,但只要和她对视,就知道她心里其实什么都明白。骗她肯定不容易。此刻她湿漉漉的眼睛被酒吧的幽灯一照,更闪出星星点点的光斑来,好像随时会往外渗水。老马没忍住说了对顾晓清说过的同样的话,"你有空要不要去我工作室看看,我帮你拍点照片。"

顾晓清立即笑出声来:"你说说,这次是觉得我们陈荞哪里好看?"

"眼睛好看,这么亮的不多见。"

"你上次也说我眼睛好看。"

老马笑了:"那也是真话,但你不信我。"

"我怎么不信你了?"

"你后来也没来。"

"所以你就让陈荞去?"

"不来也行。"老马低头喝了口威士忌。

"哈!你们男的到底都在想什么呢,啊?"顾晓清起身去吧台打算拿新的酒。陈荞问老马:"所以那是什么大决定?"

"啊?"

"你刚才接了林栋的话,好像你也做过什么大决定一样。"

老马没想到陈荞能注意到这个。他尚未意识到陈荞作为倾听者的卓越。

"我年纪不小了,大决定肯定做过不少。"他说。更知道有时候决定不大,对生活的影响却如飓风。

"说来听听?"陈荞看起来挺感兴趣。

"改天你来我工作室的话,我可以讲给你啊。"老马说。

林栋看了陈荞一眼,陈荞低下头拨了拨刘海,两个人几乎是同时笑了。店里陆续有人进来,在他们四周坐下。林栋问顾晓清:"你店里怎么每天生意都这么好?"

顾晓清在吧台喊了一嗓子:"不好我怎么挣钱?我也想有人包养我啊?"

## 还是老马

在报社做了十几年新闻摄影，生死的事老马没少见。十年前那次地震他也去了，住了半个多月什么没见过，半夜从帐篷里出来小解，脚下没留神踩着半截尸体的胳膊是常有的事。一开始吓得哆嗦，后来也看习惯了。有女同事采访幸存者，采着采着突然就跪在地上大哭，崩溃了，只能被空投回报社。没有大心脏的人有两样职业干不了，一个是体育，一个是新闻。老马内心的磐石也不是一夜之间炼成的。有一回重点抢救一个腿压在自家房梁下面的女的，腰部戳进一截钢筋，上半身露在外面，还能跟大家说话，有人来来回回路过还会打个招呼。老马他们帐篷扎得不远，白天有时过去跟大姐聊一会儿再去拍别人。有天晚上回来，大姐的老伴来送饭，夜里只有他们俩头顶有探照灯的光亮，两个人趴着，头和头挨得很近，在静得吓人的旷野废墟上轻声呢喃，一切自然得就像露天停车场上，唯一亮着灯的保安亭里有两人在闲聊。附近帐篷里的人都在偷听，但没人听见他们说什么，也没人好意思走出帐篷。老马离开时，大姐已经被抢救五十几个小时。到家没两天，他看新闻里播报大姐被成功营救了，老伴因为每晚陪她说话，那会儿正躺在救援车里睡觉，新闻播了一半才突然跑出来，跪在废墟里一顿号哭。老马看到新闻立即打电话给一起去的记者，说，救出来了，那个大姐。对方说看着呢。老马扔下电话便和电视里的人一道放声大哭，老婆闻声从厨房赶来，老马抱着她又哭了很长时间，边哭边想如果是自己压在下面，老婆肯定每天来送饭，但如果是老婆压在下面，他不知道自己会不会担心她睡着而每晚去她耳边呢喃。那时他没有孩子，和老婆的相处已经像伙伴。那个呢喃啊，他这几年也时常回味，像戳进腰间的一根钢筋，使他痛，却也提醒他不能睡，得撑住。

没多久老马从报社离职，拍起儿童写真，帮画廊联系摄影师卖作品。赶上网店兴起，他召集到一些小朋友给淘宝店拍照，他拿三成提成。又入股了画廊，逐渐转行做摄影经纪。他以前有过新闻梦，但从那以后梦并非灭了，而是被单独拎出来放进一个纸箱里，暂时或半永久搁置。他想看看自己能不能挣点钱，尝试过好一点的生活。他确实做到了，还挺开心。以前看到好看的姑娘不好意思多看，现在觉得认识一下也没什么。这两年闲下来了，偶有兴致拍点人像摄影，姑娘们反而自发地凑上来，他也愿意给她们花钱。所以说那算大决定吗？也不算，但确实让他扭转了方向，奔着另一条目标明确的路走下去。

如今早晨醒来，老马有时会感到时间所剩不多，说话变成一种奢侈。想想四十几年人生就这么仓促地过完了，情绪激动偶尔会流两滴眼泪在枕头上，不想被人看见。有时又觉得挺好，他见过的大场面比很多人在电影里看到的还要多，挣的钱还来得及花，比同龄人要强。就是醒得越来越早了，往往追忆一遍往昔，看表还不到八点。

不过这都是偶尔，大部分时候他情绪稳定。这些陈年往事给几个女孩讲过，她们听得入迷，眼里散发出慈母般的温柔和眷恋。他就知道说这个管用。他在心里琢磨，如果陈荞真的愿意来他工作室，他应该用怎样的叙事节奏和语气讲给她听。

## 陈荞

距离那趟去老马工作室过去三个多月了。工作室就在巨鹿路某个小区弄堂的顶楼，自从接受老马的提议帮他的画廊联络艺术家和买家，陈荞兼职做了一段时间，发现顾不过来，索性辞职，全心全意地帮老马，频繁出入这个小区已被门卫默认为是租客。

工作室有很多收回来的旧玩意儿，现在样样都值钱，老马把阳台天顶打掉改造成玻璃阳光房，放了组沙发三件套，有时候白天两个人就把腿搭在对方身上，各自占据一个沙发扶手躺着，让光线和树影像张网落在身上。想想三个月前陈荞第一次来，这里还支着一个简易的影棚，她坐在一把旧椅子上被老马指挥说表情放松一点，再放松一点。拍完以后陈荞研究老马的收藏，看见有几幅裱好的照片立在墙角，问他，你拍的？老马说不是，有几个摄影师拍得挺好，但就是卖不出去，自己先收了几张回来。又说要不你以后帮我们卖画吧？

陈荞说："我不懂画。"

老马说："无非是跟甲方打交道，熟了就知道了，你不是擅长这个吗？"

"这又不一样……"

"现在很多艺术家东西好，但赚不到钱，我们应该帮帮他们。"

"你一个人帮还不够吗？"

"不够。"老马用那种坦然又干脆的眼神看着陈荞，

"而且我希望你来。"

陈荞低下头说:"我想想。"

"你看你现在不是适应得挺好?"两个人好上以后老马把影棚撤了,说以后反正也不打算让姑娘来这里拍照了。他们得以毫无缝隙地挤在沙发上闲聊。

"还可以更好。"陈荞说。她也没想到自己能做得这样得心应手,不知是真的不难还是她终于找到擅长的事做。其实二十岁出头的时候,陈荞就意识到自己可能是那群年轻人里最没有才华,也最欠缺勇气的一个。虽然在同公司做着差不多的职位,但明显像配速不同的人从同一起跑点出发,很快便拉开差距。几年后果然印证了她的猜想,突如其来的婚姻没有阻止林栋在设计界崭露头角,又因为家底丰厚很快在北京和上海开了服装买手店,成立自己的品牌。当初和她一同被甲方虐到掉泪的顾晓清,几份工作换下来广结善缘,以比她伶俐数倍的口齿谈到投资,在法租界这样昂贵的地段开了酒吧,靠人脉宣传成为热门的红店。陈荞则在原来的公司老老实实做满六年。去年开始接管市场部,手下有四个小朋友。也不是没想过换工作,但除了对接甲方她实在不知道自己还能干什么。写小说？那是在新西兰念书百无聊赖之余的选择，她并不擅长。回国后生活丰富起来，她连书也不看了。而她到底擅长什么呢？年纪越大越回答不上这个问题。但现在，她感到自己身体上仿佛开了一道新的刀口，能听见血液加速流动渴望革新的声音。她想把这份工作力所能及做得更好一点，不为老马而是为了自己。

"看吧，我就知道你和别的女孩子不一样。"老马摸摸她的头发。

"怎么个不一样？"陈荞明知老马到了这个年纪，对很多事的操作都已足够熟练，修饰过的语言未必能全信，但还是想撒个娇。

老马没回答这个问题，直起身子："老实说，我认真了。"

陈荞斜在沙发上看他，猜测这句话注了多少水分。"你的意思是一开始逗我玩呢？"

老马摸摸她的脸。"认真以后才意识到，你和林栋关系不一般。"

陈荞说："都过去了。"

"你看，果然有事瞒我。"

"你套话啊？"陈荞也坐了起来，"不就是他追过我，我拒绝了。"

"你拒绝了？"

"对，我拒绝了。"陈荞没继续说，之所以拒绝，是觉得自己配不上林栋。在他面前始终觉得自己渺小，像嗷嗷待哺的雏鸟飞不起来。她能给他什么呢？林栋需要的不只是一颗真诚得快要碎掉的心啊。她没勇气把手递给他，怕他哪天松开她只能坠落。

"我有点惊讶，"老马说，"拒绝林栋的人不多，不管男女。"他自己还不是答应了林栋帮李琛安排工作？

"我后来和另一个同事谈恋爱了。"陈荞实话实说。他们同居了一阵子，两个人一起交房租，她因为工资高一点所以自告奋勇地交水电费。不再是什么也给不了对方的角色了，这让她觉得踏实。

"林栋挺受打击的吧？"老马问。

"你认识他多长时间了，他会是那样的人吗？"陈荞反问他。

"倒也是。"老马脸上的神情像年轻了十岁，扳过陈荞的脸亲了一口。

事实上林栋没多久就结婚了。算算李琛的孕期，他可是一边搞大别人的肚子一边来跟自己表白的，陈荞想。一年以后，她也终于受不了男友的不上进而分手。去年从静安寺的咖啡馆出来偶遇那个曾经的男孩,已经是男人了,她鬼使神差地跟在他身后走了一段,想看看他走哪条路回家,后来觉得没意思,过了两个路口便掉头朝反方向去。他们当然是享受过好时光的,就在那几年,他们对很多快乐还没有产生抗体,对当时能稳稳抓在手里的东西,例如年轻,更不曾好好地珍惜。浪掷是多么容易。她回忆过去简直模糊不堪了,那几年究竟是怎么过来的?做了什么值得标刻的大事吗,好像没有。有什么难过到能够留下疤痕的事吗,也没有发生。仿佛是将车开进山间隧道,天亮后就来到了今天。

## 林栋

知道陈荞和老马的事以后,林栋和顾晓清把陈荞约出来过一次。他俩都不是扭捏的人,但一开始谁也不好意思直说。林栋顾左右而言他,说:我跟你们说一事儿,特别奇怪,前两天在飞机上大哭一场。顾晓清说,你还能大哭一场?

林栋出差北京有时候会去他爸那里吃个饭,家里都是收藏的古董,保姆把菜端到桌上,两个人正襟危坐像在博物馆里用餐。林栋小时候觉得有一天自己也能跟他聊聊精神走向、灵魂共振、生离死别这些话题，作为两个成年男性间心照不宣的交流，但他现在三十多了，除了说起平平和生意，再聊不了其他的。他爸年轻时是个小有名气的画家，后来去北京混了一阵古玩鉴定的圈子，很快发了财，他说过搞艺术也不至于穷，但想让儿子能自由地做自己想做的事，以后不为钱发愁，才半道改的行。林栋没当真。大了以后他们就不说这些了，只记得他做过不少烂事让妈再也不想和他过了。林栋躲去美国学设计，眼不见为净。他有时候想问挣那么多钱有什么用？但他直到现在都是既得利益者，便显得毫无发言权。那天他爸突然说起，如果有天我得了癌，我就去瑞士安乐死，不拖累你们。林栋觉得莫名其妙的，他爸最近也去看那个闹得沸沸扬扬的电影了？跟谁去的？他随便应了两句这事就过了，没想到回程的飞机上看杂志，正好看到瑞士的新闻。他试想了一下如果是他得了癌症，自己现在手里的钱够不够去安乐死，应该够了，但瑞士好远啊，还得坐长途飞机，飞过去的途中不会就挂了吧？林栋放下杂志，鼻尖突然迎来强烈的酸楚，他几乎是躺在头等舱的座位上痛哭起来。他想起如果当时真的在土耳其挂了,那可就真的看不见平平了。

"看吧,人一结婚果然就变脆弱。"顾晓清总结。

"其实有了平平以后,我能理解我爸了,他没骗我,他有一部分努力,真的是为了我。"林栋说完又补了一句,"但这也不能阻止我跟他没话说。"

"因为你对李琛干的那些事儿和他也差不多。"顾晓清说。

"我觉得我比他强点儿。对不对,我至少比他强点儿?"

"这以后得问平平,看他怎么说。"

陈荞没怎么发言,好像早已知道这些是预热的前戏,今天的主题根本不是这个。林栋这几个月见陈荞总觉得哪里不太一样了,他仍喜欢对她絮絮叨叨说些他解不开的麻烦,但她身体里的泳池像不知何时已经蓄水完毕,满了。她虽然静坐听着,有时接应两句,但林栋能听见与此同时有水从哪里溢出来的声响,滴滴答答的,令人心焦。

"你……想好去老马那了?"顾晓清先开口的。

"我都辞职了。"陈荞知道她想问的是什么。

"他有老婆孩子你也不介意啊?"林栋问。他介绍老马给陈荞的时候也没想过他俩真能好上。

"同样的话你问过你的小A小B吗？"陈荞反问他。林栋被噎住了。

"好吧，陈荞，你也长大啦。"顾晓清有点感慨，她是一点点看着陈荞走过来的。

停顿一会儿，陈荞缓缓说："老马打算离婚了。"

林栋和顾晓清同时盯着她。"他自己这么说的？"

"嗯，说过几天就跟老婆提，他们已经分居挺长时间了。"

"唔，这个，老马他……"林栋想了想，剩下的话没说出来。老马应该不是第一次这么跟人说了。他端起酒喝了一口，越喝越有点慌，越慌越想用酒压下去。他是什么时候开始觉得不使使劲就刹不住车了呢？

"林栋，"陈荞像隔着什么喊了他一声，"你以前说话要比现在干脆多了。"

"以前是什么时候？"

"我们有次出差，喝完酒路过北京四中，你把人家门口的招牌卸下来抱在手上，说那是冲浪板，你还记得么？"

"都喝傻成那样了我怎么可能还记得。"

"还有一次，蹦完迪出来下大雨，打不到车，你站在门口大喊，不如我们在雨里匍匐前进吧！"

"这个我记得,你一个不蹦迪的人,那时候天天被我拉着去夜店。"林栋打断她。

"然后你就真的趴倒在地上,把手放进雨里,爬着往路口移动。"陈荞没管他继续说,"我只好跟你一起,像小时候体育考核不做不行。门口躲雨的人都觉得我们俩是傻子!"虽然后来她觉得只有自己一个人是傻子。

"对,北京的雨太脏了!当时身体好没生病,现在不能再那么干了。"林栋说。陈荞真的不了解男人啊,他想,她这么傻,这么傻,怎么能呢?自己当时喜欢她什么?

"那是在上海!"陈荞把酒杯重重地推到桌面上。

那天当然是在上海。后来她不知费了多少力才把浑身滴着泥水的林栋驮上出租车。开往他家的路上,林栋躺在她腿上,双手像抱住一棵树那样环上她的腰,问要不我们在一起试试吧。可能是酒精的作用,陈荞感到整个人和打在车窗上的雨一样,何止是四分五裂。

"祝你成功吧,虽然这词不合适。"顾晓清把自己存在店里的威士忌也摆了出来,仿佛以后再也没机会喝了似的。话说到这一步也差不多了她想,他们都三十岁了,知道即使再亲密,语言的边界也不会完全消失。成年人的礼节,该死地点到为止。

于是三个人面对面,用彼此熟悉的架势,一轮又一轮地喝酒。喝酒仿佛是一场贯穿了他们这些年友谊进程的漫长仪式。

然而趁顾晓清起身去厕所的时候,林栋还是一屁股坐到陈荞旁边。

"为什么总是我身边的朋友?"

"你把话说清楚点。"

"他们行,我就不行?"

"你相信这真的是偶然吗?"

"如果当时我再努努力,对你再死缠烂打一点儿,是不是就没现在这些事了?说不定我们也会有一个小孩。"

"你林栋为谁努力过吗?"

"没有,但我为自己也没有。"

"那你就把份额留给你儿子吧,留给平平。"

林栋没说话,在黑暗里看着陈荞,陈荞也看着他,他们的世界里充满问句。林栋向前凑近,想亲吻陈荞。很多年以前,他也在某个酒吧里这么干过。但这一次陈荞避开了。他在迎面撞上的那团空气里凝结了一会儿,听见陈荞起身对远处的谁说:"林栋喝多了,你们招呼他一下,我先走了。"

就像林栋说的,他每次都喝得那么多,她又怎么敢把他的话当真呢。

## 陈荞

这个季节是上海难得的好时光,白天硕大透亮的云朵随风飘移,蝉鸣比车流声更持久密集,偶有停顿,很快又迸绽开来。烈日虽然刺眼到令人无法直视自我,却能感觉身体笼罩在一片温暖的无限积极的氛围当中。天黑得晚,运气好有时能看见镀着金边的流云一步步被黯蓝的夜晚吞并,短短半小时便完成暖色至冷色的过渡。风也跟着出动,流连于人群的缝隙之中,把皮肤上的细汗吹到微凉。从便利店出来陈荞把啤酒递给弹珠男孩,他今天穿着卡其色短裤和胸前有一只鞋盒的T恤,长袜几乎拉伸至小腿。球鞋还是一尘不染,据说他会专门买某个品牌的洗剂来清洗白鞋,其他颜色的球鞋则用另一个牌子。他没管短裤的颜色是否耐脏,很自然地拉开易拉罐在马路边坐下喝起来。二十岁出头的时候,陈荞也会坐在马路边喝便利店的啤酒,但现在A字裹身裙令她无法在街头下蹲而只能站着。那时好像身边所有人都会因为偶遇好天气而开心地喝一杯，根本不会因为这样的天气夹在梅雨季和台风天之间，每年只短短地闪现一小段片刻，想要伸手去抓便已经溜走而感到遗憾。好景不会太长久的，后来大家渐渐都明白了，遗憾也是。

老马说过几天就跟老婆提离婚，让陈荞再等等。等了这么久，她也不差这么几天。如果不是因为等待，她差点忘了还有弹珠男孩可以陪她喝酒，但没想到最终会变成她站着看他喝，确实是挺好笑的。

"走吧，请你去前面的酒吧坐着喝一杯。"

那天以后，陈荞就没去过顾晓清店里了。不管她有没有和林栋在一起，最终结果并没发生太大的改变，属于他们的某个时代结束了。


几天后老马约陈荞在外面吃饭，老马总爱带陈荞去很贵的餐厅，陈荞说也不必总这么奢侈，我们的艺术家卖完一幅作品的利润，也就这么一餐。又说，我辞职以后可以在家给你做。老马听完还是照去。

那天吃完最后一道菜，等甜品的时候老马说，要不还是再等等，时机合适很重要，那样对我们都好。陈荞没说话，一口一口喝完玻璃杯里的葡萄酒，开始吃烤盘里的法式布蕾，最后连盘壁上粘住的焦糖都一点点抠下来吃干净了，抬起头说，好。

离开时下雨了，门口的侍者帮客人一辆辆招车。陈荞说要不我手机上叫一个吧，老马说，让他们来吧，该服务的。他们就等在一对日本夫妻身后，但很久也没有等到空车。侍者提议隔一条街有便利店，他们可以去买把伞，再走过两个路口便容易打到车。老马看看陈荞，没说话，明显没有自己先冒雨过去买伞再回来接她的打算。陈荞想，好吧，那一起去。几乎是脱口而出的，她把脑海中那句话念了出来："不如，我们在雨里匍匐前进吧。"

林栋当时是怎么会说出这句话的？她想，他一直活得那样随心所欲，和自己真是一点也不一样。

老马惊讶地看着陈荞，像没听清楚她说了什么。空间像凝结了，陈荞眼里的老马静止如同雕像。而她看着雕像的眼睛，想象自己在那双疑惑的瞳孔里弯曲身体，下蹲，将穿着柔软的小羊皮鞋的双脚滑进雨里，手指降落地面。和很多年以前，她模仿林栋在某个酒吧门前做的那样，身体仿佛一座平桥，能够支撑起无限的广袤的未知的可能。雨落在她的后背，在她胸口停了。

# 中年天使

## 1

要不是因为那是老林的儿子,周扬早就上前逮住他手腕,瞪圆眼质问了:加我女儿微信想干吗?

早些年,去陪老林八十多身子骨还硬朗的岳母打麻将,细瘦得像根富贵竹似的林栋就在餐厅的红木桌椅旁颠来颠去跑,保姆跟在后头生怕磕着碰着。这个林栋长得讨喜但学习不行,后来老林送他出国读书,这些年就再没见过了。春节时去老林家喝茶,他竟突然出现,像从地里挖出来的一块硕壮冬笋,成熟是转眼间的,一副成年男性的身躯,规规矩矩坐在旁边烧水烫茶具。十多年了吧，周扬已经十多年没见这对父子同框过，一时没太习惯。

"你周叔家的闺女，老叫人家贝贝、贝贝的，也没见过。现在也在上海读书呢，改天一块儿吃个饭，指不定你们以后有个照应。"老林跟林栋这么说的时候，语气里听不出有多少认真的成分。林栋在一旁没吱声。周扬赶紧接话："年轻人现在都挺忙，让林栋忙他自己的就行。"脑子里还在思考到底有多少年没见林栋了，顺便推算认识老林的年头，以及自己嫁接在这个城市里的年头。

"忙个屁！"老林斜眼瞟林栋，"婚都离了，娃也不用他带，过年回趟家不就是陪陪我？他现在还能忙点啥？"把手里倒了一半的茶壶重重地搁回石盘上，"后天就吃，不，明儿中午吧？你去联系下老耿和李院。"

周扬只好打电话组织这次饭局。

不过他没想到林栋"照应"女儿的方式，竟然是说话时几乎把嘴唇贴上她耳垂，身体也凑得极近，荷尔蒙都飘过圆桌溢到他脸上来了。几次间隙想听听他们聊什么，都没听见。臭小子！贝贝也不好，当着众多长辈的面妆太浓不说，竟然对一个离过婚的男的笑得太过轻浮。不得体。即便是熟人的儿子也不应该。但当着老林的面，周扬不好意思阻拦什么。

这些年周扬没敢怠慢过老林，虽然早就不从他手上进药了，通过他认识的几个供货商对比下来性价比也不大高，都被周扬静悄悄换掉了，但这份从岳父那传承下来的感情一直被用心经营着。况且老林是真有钱，大方，明知拥上来的门客大多只是冲他的资源来，他仍待他们如朋友。每次看他那些家具、藏品……周扬觉得自己这辈子应该怎么都赚不了这么多钱了吧，一个人住，竟然还请两个阿姨。他再怎么努力，也无法那样轻松遣送小孩出国读十年书，回国后继续扶持创业开公司。人跟人一比较就很难开心起来，周扬索性不去想这些，当那些雕花酒柜镂空瓷器都是塑胶的。不过每回见老林独自在圆餐桌前吃饭，都觉得他似乎又瘦掉一点，眼窝塌陷得像被勺子狠狠挖过。不管面前有几个菜，总显得碗盘稀疏，招呼他人过来一道吃的时候，语气里也有些央求。一个人吃饭总归还是不大行。周扬替他伤感过那么一小会儿，同时寻思他和张俪两个人住那间一百平的房子也够了，太大架不住冷清。这种比较最终让他心里舒坦一些。

这几年发愁的倒不是生意。他自觉已经在新土壤里站稳了，具体跟谁比不清楚，没赢什么但也没输得太不像样。从什么时候开始的？大概是贝贝突然间蹿高有了少女雏形以后，他萌生出某种经验外的慌张。意识到自己正踏上一趟远离年轻人的列车，想要跟上他们，甚至远远在身后有距离地潜伏着，都很吃力。贝贝应该还是骑在颈上抓着自己头发满房间飞的雏鸟，双腿像新鲜的长藕在耳边晃来晃去才对，是怎么一转眼就十八岁了？

和贝贝有限的对话里，他总是反应极慢，对方一旦露出不耐烦或不开心的表情，他就知道自己又没在该笑的时候笑，或者没听出重点（或言外之意？）而给出合理回答。他觉得，是因为自己的笨拙和缺乏与时俱进的敏锐度，女儿才走到今天对自己爱答不理这一步的。但要如何和她解释自己似乎来到了记忆力和许多欲望同步衰退的年纪呢？例如，有时晌午忽然想不起早上到底刷牙没有，要靠舌头在牙周舔一圈来确认那些平原是否被电动牙刷打磨过。那种瞬间的困惑和失落与青春期的迷茫类似，却有截然不同之处。未来在眼前变成越来越具体的恐惧，十八岁的女儿怎么会懂啊。

不过如今的年轻人也越来越难懂了不是么，比他年轻时爱慕过的女孩更要逻辑难寻。例如今天，贝贝原本听见要跟长辈吃饭脸臭了一路，车上补妆都没搭理他，但见了林栋十分钟不到吧,就热络地聊上了,说怎么没早点介绍这个哥哥给她认识,让她不至于在上海半年都无依无靠。

无依无靠?那生活费是谁给你的?周扬知道不能跟女人较真。

他用手肘顶顶身边的张俪,意思是管管你女儿。张俪在这种饭局上通常话不怎么多,尤其没女伴的时候,她往往不知道怎么接话茬。除了一起举杯的时候意思意思喝一点,剩余就看看手机,环顾周围点头笑笑,远不如自己女儿擅长社交。

看着林栋顺利把贝贝微信加上,张俪回头对周扬说:"你别担心过度了。"说完往老林那边微笑,像开记者会前对着摄影机的女明星,脸略僵。虽然她笑着,但五官并不产生过量位移,好像那会消耗她大量体力似的。有部分周扬在诊所帮她打了玻尿酸的缘故,也有部分源于从某个时期开始就如影随形跟着她的那股淡漠。其他人可能将它理解为孱弱、沉静或有耐心,毕竟她是个四十好几还拥有优美颈部线条、柔和眼神和语调的好看女人,在本市并不多见。只有周扬知道,她是真的对很多东西失去了热情。她年轻时爱跳舞的样子他是看过,记得的,那时她的家境还撑得起这份热爱，人们会因为张俪的外貌和家世而高看远道而来的周扬几分。现在她教瑜伽，给一帮与她同龄的妇女，以及一帮小学生。完全不同类的两群人，却都有叽叽喳喳不愿闭嘴的共性。他们评价"张老师脾气是真好"。因为她教他们那些难以学会的动作和出席周扬让她参与的饭局时一样，不曾露出厌恶或试图反抗的神情，反而挂着愿意理解、接受一切的微笑。

林栋加完微信，笑眯眯地对贝贝说，回上海叫你出来玩啊。

贝贝说好呀。甜甜的。

玩？玩什么？周扬坐立难安，甚至厌烦起老林让他组这个局。我女儿刚念大一，比你儿子小快一轮，在上海人生地不熟的，能照应他什么？

他能理解老林今年六十多了，前妻再婚嫁到国外后没再找，也不屑于去公园跳舞搞社交。一个高傲的有钱人，想找理由让儿子陪他多待会儿，拼命安排饭局的姿态像在跟这些老相识宣告，这么多年下来我老林仍然是有儿子的人，不信你们来参观参观。他知道儿子过完春节就得跑，跑去上海或者别的什么地方，一整年不会再回来。

老林搭乘的那趟绿皮车早已被甩得看不见踪影，新时代的乘客不曾也不再愿意等他，而他花了不比周扬少的心力，以及更多的钱——并不公平。这些周扬都能理解，但是，他觉得他们境遇又不太一样。林栋已塑成形，贝贝却还小，从他身边悄悄溜走尚没多久，他相信自己再努努力，还是能勉强扒上那趟车的。

2

火车驶离车站，张俪开始剥一个丑橘，玻璃窗外流动的风景在她身后如横流的瀑布。周扬好多年没回上海了，这次回去的理由却不是故乡的任何人。贝贝离他们三排开外，一上车就钻进她靠窗的座位，戴上耳机很快开始打游戏。开车前周扬掏出包里的水果，手刚伸到她眼前就被推回去。"你们赶紧坐自己位置上，注意素质！别再想着跟别人换座了！"那个不想闲聊的架势，周扬想象不出她平时在微信上能跟别人聊那么多。和有些男孩还聊得非常露骨，用词让周扬无法脑补他们是什么关系。令他头疼。他头疼好几天了，自从那晚趁贝贝进主卧洗澡，他偷偷打开她搁在餐桌上的手机以后，脑海里就再也没有平静过。

看看手机没什么大不了的,小时候女儿的一切他都一览无余,尽数掌握,看看微信怎么了?密码很容易猜,1029,贝贝的生日。从小到大她很多密码都是生日,知道她懒得换,毫无阻碍就点了进去。就是想看看她和林栋加完好友能聊点什么。那顿饭后他始终不放心,虽说林栋是从小看着长大的,感情么也有一点,但男的总归是男的,正常男人都在想什么,他活了四十多年心里还能没数吗?何况林栋离婚的原因他多少也听说一些,完全不符合他认为配得上贝贝的那种男性形象。

贝贝比他以为的还要早熟,和比她大十岁的男性聊起天来并不是小女孩该有的样子。"不约我我可翻脸了啊。""蹦迪到天亮哈哈哈。""体力挺好啊老哥。"他说不上完全能理解他们在说什么,又觉得基本方向没理解错。

不只林栋,还有好几个他不想记下名字的男性,他每往下多翻一页聊天记录,嗓子里都像有牙膏在挤。但他无法停下滑动的手指,好奇心那一刻比烟瘾旺盛,他吃惊于自己仍然有尚未衰退的欲望。连贝贝和张俪的对话框也没放过,一条条往前翻。都说女儿是父亲的小棉袄,但贝贝怎么就跟张俪亲呢?跟他就不稀罕多说两句。

这方面他一直羡慕张俪占据性别优势，他不能理解女人之间好像什么都能聊，母女身份界限的存在仿佛就是为了被打破似的。

他翻到贝贝让张俪帮她说服自己同意她开双眼皮的对话。贝贝是单眼皮，遗传周扬的，从小就嚷嚷眼睛小不好看。周扬开始搞整形医美以后，贝贝上初中，求过他几次给自己割一个双的，他没同意，觉得小小年纪用不着搞这个，也没把女儿的不高兴当回事。没想到几年下来她始终挂念着这事儿。女人好像就是有那种能力，把遗憾记一辈子的能力。

不过这没什么，周扬不太操心这个。让他无法当作没看见的是贝贝问张俪的另一句话。

"我是说假如啊，假如我哪天怀孕了怎么办啊？"

他看到这里脑袋一下就短路了，这句话能引申多少信息量，他不敢想，但没止住全想了一遍。又算女儿今年几岁了。他总是忘记她十八，他已经从上海搬去青岛十九年了。

往下翻，张俪一本正经地回答女儿，问她遇到什么事了跟自己讲讲。

"开玩笑的妈，现在避孕措施这么先进。"贝贝这么回复,还打了一串"哈哈哈哈"。

周扬不明白为什么张俪没把这事告诉他,他脑中又想起骑在颈上那两条细细的短腿,仿佛昨日还在眼前晃来晃去。那两条贴着耳垂悬挂下来,在胸膛上乱捶一气的,鼓槌般的腿。

顺着时间线再往前面翻,周扬端着手机的手心,逐渐渗出汗。

"周扬飞机改签了,今晚就到,我不过去你那了。"

这是一条来自张俪发送的消息。对话框里,贝贝回复了一个"?"。

张俪随后回道:"发错了。"以及一个憨笑的表情。

那个表情在周扬眼里像变形了,七扭八歪。

"妈,你是不是不知道一分钟以内可以撤回信息的?"

"还有这个?你教我一下。"

对话是去年九月。周扬记得那时贝贝已经开学,他在广州参加药品交易会,后来展会上顺利谈好一批药,提早一天回的家。改签机票前还给张俪打了个电话,她说知道了,她去买点菜准备准备,说本来晚上打算只炒盘青菜吃,减肥,周扬回来的话就多弄两个菜。烧条鱼好还是蒸个鸡块?张俪在电话里平静地问。周扬说烧个鲳鱼吧，没有的话鲫鱼也行，再炒个豆腐。他记得那天他到家吃到了干烧鲳鱼，那是张俪跟婆婆学会的为数不多的上海菜。

那两天周扬脑中始终萦绕着被两条鼓槌敲打的画面，还有那个摇头晃脑憨笑着的表情。直到他终于下定决心，联系铁路的熟人帮他再多搞一张春运票，他试探加请求张俪：和你一块儿送贝贝去上海吧，我也想去她学校看看。没想到张俪轻快地答应了，说顺便回去转转也好，还能见见你二姐。

"我搜了下，二姐的康复医院离我们酒店不太远。"张俪递来剥好的整个橘子，周扬掰开一半在嘴边一瓣瓣撕开，很快就吞没了。他在等张俪继续往下说，但她什么也没再说，他只好从卡着橘子纤维的牙缝里挤出一个"唔"。

他没想好要不要联系大姐，这次回上海他甚至没打算告诉任何人。自打离开后，他回来过几次，大姐结婚，母亲去世，最近一次是三年前二姐脑梗做手术。每一次都有新的失去，令他和故乡的联结越来越轻描淡写。有几次来上海出差的机会，他都像刻意绕开而选了其他城市飞。这一次,他分不清自己究竟是追随那两条鼓槌般的小腿而来,还是为了重新审视那个憨笑表情背后的当事人,总之他携着相当沉重的情报,鼓起破釜沉舟的决心,耍赖似的蹭到一个与这对母女俩同行的位置。他心中此时除了疑问再装不下别的:女儿是何时飞出他画好的那个圆的?在她三番五次问他为什么没把她生在上海的时候?还是他给出的答案无法让她满意的时候?还是她终于凭自己努力考到上海的大学亲自去了的时候?

那么,张俪呢?

他的问题太多了,没有人帮他解答。

## 3

"这个我们给你带回酒店洗洗吧?"

自从踏进女生宿舍,周扬始终特别积极,左顾右盼的,把四人间其他女孩书桌床铺上的摆设、阳台以及洗手间都仔细打量一遍,左翻翻右翻翻,调整热水瓶和洗漱杯的位置,做着一些无关痛痒的"整理",像是弥补自己来晚了。去年新生入学,他在外地开会没来。

"每层楼都有两个洗衣机好吧?而且又没多脏……"

贝贝抱着刚换下来卷成一团的床单被罩，从阳台拎了洗衣液走出门，后一句是从走廊传来的，"你怎么不动手帮我换呢还不是靠我妈……"

周扬看着她的背影嘀咕："积了一个春节的灰，能不脏吗……"他想和张俪对视一眼，但张俪用顾长的后颈对着他，不紧不慢地把四只被角轮流塞进被套。

过了一会儿贝贝空手走回来。"你们差不多行了，尤其是你。"她对周扬说，"女生宿舍你不能待时间太长，都是成年女性的私密空间，不觉得不好意思啊？"

反正她们也不在。周扬想想没说出来。事实上有个女孩比贝贝返校还早，卷好的床铺已铺平，上面有压痕，床头有两本书、一把小镜子和一支唇膏。是她约贝贝提前回来的吗？

周扬小心翼翼地问："其他人都在家过小年吧？"

路上还是张俪提醒他，过几天是情人节。

哦对，这个节年轻人都要过的。很多年以前，他和张俪也是要过的。

贝贝靠在床梁上，左手抱右肘，头从手机上方抬起来瞥他一眼："切，人家都上海人，根本不用住宿舍好吗？"

"三个都是啊？"

"两个上海,一个杭州的。回来的那个就是杭州的。"

"哦,江浙沪包邮区……"周扬说完自己干笑了两声,"我看她们桌上的照片,都没你好看。"

贝贝没笑:"人家好歹都是双眼皮。"

"单有单的味道嘛,都好看。"周扬心里还在琢磨,这个情人节她们母女俩究竟想跟谁过?

"好看也是遗传我妈,跟你没啥关系。"

张俪套好被子,把贝贝衣柜里的一摞衣服抱出来,一件件叠好,再放回去。周扬看着张俪点头:"是,你这个舞蹈天赋也随你妈,不然当不了特长生。"

张俪突然回头插了句嘴:"贝,在上海就别说啥啊啥的了,应该多说上海普通话。"

周扬说:"咦,上海人也说'啥'的呀,'侬刚啥么子',不是只有山东人才说的。"

"我以为你都不会说上海话了。"张俪看了他一眼。

"上海闲话吾哪能会忘记啦?"周扬随即用沪语接了句。这句话终于让老婆和女儿一起笑了,张俪笑得很柔和,像她叠衣服的手,细致,妥帖,耐心有余。而贝贝则是带着些嘲笑,但又不是真的嘲讽,就是不想好好给她老爸一句鼓励的那种带着自尊心和任性的轻笑。又似乎含着一些责怪,仿佛责怪他为什么明明会讲上海话,却从没为她的生活带来过任何便利及好处。这责怪一直存在,周扬从一开始的不相信,到小瞧了它,直到某天从女儿眼里再望见,它已是庞然大物,他知道自己没能力将它完全消除了。

"我们学校好多人都去做微整,男生也做……"贝贝突然声音柔下来,指着靠阳台那张桌子上的相框说,"就这个室友,想打瘦脸针、瘦肩针,还有美白针。"

"你们这个年纪真的什么也不用做。"周扬说。他研究着相片里的人,有着比到他那做项目的所有女性都要年轻、好看的一张脸。

"可我听你跟客户不是这么说的,你说十六岁就能开始保养了!"

"那是他们基因不行,我刚才观察你们学校就没有哪张脸难看的。"

贝贝这个校区大部分是特长生考进来的,表演系自不必说,据说长得最平庸的戏文专业拎出来也远超普通学校的平均水准。

贝贝指着另一张桌说:"这个室友想填充卧蚕和法令纹。"

周扬在照片里找了半天她的法令纹在哪儿,突然意识到贝贝又在提醒他开双眼皮的事,拐弯抹角的。

"哎,都不如你好看,怪不得想整呢!"他假装没听懂,"你平时多练功压腿,和你妈一样保持身材,在学校里肯定能拔尖。"

贝贝看了张俪一眼,像是哽了口气在喉咙,半晌没说话。很快,她恢复那种气呼呼的架势冲周扬说:"你怎么还不走啊?"

顿了顿又说:"我妈可以留下,她比你有用。"

张俪没吭声,周扬感到有点没意思,只好"听话"地退离那个房间。

出宿舍楼,他想把烟点上,意识到学校好像是不能抽烟的,又塞回兜里。刚才下到三楼才发现这栋楼是男女共用,楼下住男生,女生住楼上,中间什么分隔也没有,就一个宿管员的小房间竖在楼梯口。设计得不太合理啊,他边想边和宿管阿姨的眼神对上了,对方打量他的眼神似乎是提醒他在女子宿舍待太久"不识趣",让本想上去咨询安全问题的他退缩了。关于上海中年女人的记忆都不大好。

风挺大。忘记南方湿冷的冬天比北方难熬多了,衣服没穿够，他整个人随风打了个哆嗦，往墙边退了退。看见许多张年轻得叫人羡慕的脸从宿舍楼走进走出，自信、骄傲，肌肉和水分牢牢贴附在骨骼上，望向陌生人时眼神旁若无人。自己年轻时候难道也这样？一点印象也没有了，甚至从来没在镜子里观察到过这样一张脸。除了九几年在电视和刊物上看到的女明星有过类似神采，王菲、郑秀文那几个……周扬拨算盘一样数着早年令他神驰的女星，乍想起来确实和眼前这些女孩在视觉上有些朦胧的重合。那眼神，那股劲，他形容不出来，好像他们有权选择成为任何想成为的人。时代是和从前不大一样了，感觉千禧年是很靠近的事，但好像有很多东西不再一样了。

周扬觉得最近想得有点多，看完贝贝手机以后思绪总乱飘，他在心里把不存在的烟掐灭，跺跺脚，重新上楼。虽然贝贝不乐意，他还是想厚着脸皮再待会儿，即便他知道贝贝脸上一定会如他预期露出以为将自己成功赶走却发现失败的嫌弃，和尴尬。

房间里多出一人，有人回来了。

很明显的香水味，周扬把眼神投向香味的来处，高个儿，羽绒服毛领上方悬着一撮马尾，侧后方看去头型呈饱满但轻盈的椭圆。

"哎呀叔叔回来啦。"声音甜美,友好。随即扭过来一张额头光洁、鼻骨挺拔的脸,认出周扬后五官变得灵动。他很快想起这张脸,就是他刚才遍寻不着法令纹的那张。

贝贝懒懒地介绍:"这是我室友 Share。"

周扬没听明白那个英文单词,但热情地回应道:"你好,你好,我是贝贝爸爸。"

他一时半会儿没把贝贝那句"你怎么又回来了"放在心上。心想,学唱歌跳舞的女孩的确是不一样,穿这么厚重仍然看得出身形挺拔,没有含胸驼背。准确来说,是那种放在街头他肯定忍不住多看两眼的成年女性。

女孩说:"叔叔好,叫我小小就可以了。我刚打工回来,今天是早班所以……刚才没能招待你们。"

"哎不会不会,你打工?还勤工俭学啊?"周扬面露惊讶,下意识看了贝贝一眼,贝贝没接那眼神。

"哎呀也不算,就是趁课余在星巴克做兼职,想体验一下,顺便赚点零花钱,上海消费这么贵呢。"

"是啊不便宜。"周扬点头,"不过跑来跑去挺辛苦吧?你们上课跳舞也是体力活……"

"不辛苦,我就在新天地,新天地您去过了吗?"小小说。

周扬刚想接,去过了,酒店就在那附近。或说他小时候就是卢湾区人,顺便讲一下在他们那会儿,卢湾、静安、杨浦、虹口人有什么区别。话到嘴边却精简成一个"哎"。说多了又要看贝贝脸色。

他端详起女儿同学的脸。大眼,双眼皮,他能理解为什么人说这组合是美女的标配,这两项占了,人很难黯淡。再加上白,白到血丝和细小绒毛都能隐约看见……就是鼻梁两侧有点雀斑,可以打点阵激光去掉。他一边在那张脸上寻找可以修整得更好看的地方,一边寻思自己职业病真是越来越严重了。两小时前,他拎着几只塑料袋刚踏进校园,对女儿身处的环境只能选择观望而无从下口点评,师资教学和硬件,他分不清哪样算得上好而哪样有待改进。至于女儿专业上的东西,音乐艺术和表演那些,他更是宛如徒手观星般茫然,只晓得那应该是美的,是贝贝他们年轻人所向往的浩瀚之地。但他什么也不懂,无法在夜幕里辨认出任何一组星座来。某一刻,他切实地感到参与不了女儿的人生。颓然是一定会有的,但那种沮丧在面对人脸时却能被消减——毕竟这方面他就有经验多了,哪里达标哪里是漏洞哪里是潜力开发区,他内心数据运算得不比电脑慢。

"哎呀……我忘了贝贝说过您是上海人,新天地肯定老早去过了,我这个脑子今天一定是没睡醒。"小小像突然想起什么,一副抱歉的样子。

贝贝伸手钩住她羽绒服的帽子往下使劲拽着:"下了班还这么social呢,求求你哦,星巴克那套就别带回来了好吗。"

紧接着她们一起发出少女才有的那种高八度笑声,似乎是提醒大人们什么话也不用说了。

4

两天后,周扬在星巴克里遇到小小。说偶遇不太恰当,周扬是刻意去寻那个朝气蓬勃的身影的。他也是某一天意识到自己对声音和气味的敏感高于常人,记忆里一切图像都可以转化成声音和味道保留下来。小小的声线,音阶里的情绪,和她身上的某种气息,让周扬感到挺安全。很奇怪,当年在医院第一次见到张俪,他也感到了类似的松弛和似乎不会被评价的安全。虽然张俪只是在登记簿上方抬起头,轻声询问他"没满十八岁能签字吗",一边把总坠在眼前没被皮筋束起的碎发捋到耳后。她的声音和气息让他放心地袒露热情,毫无保留;让他胆敢对她和她躺在病床上的父亲,后来成为他岳父的那个人施予援手。

这两天贝贝不让周扬跟着,逛街也只让张俪陪,或者叫张俪到她宿舍去。"我爸就别再来了,让他自己随便逛去,这儿不是他老家吗?"原话是这样的,托张俪转给他,语气是什么样的并不难揣测。张俪也对他说,要不你去看看二姐。到了上海,这两个女人仿佛凝结成一股气流,一同抵抗着他的介入。

周扬感到自己站在她们母女俩的门外,失去了走进去坐一坐的机会。

其实他早已有过更辽阔的失去,也有过更具体的令他感到痛楚的失去,但都没有产生过如此清晰地想要挽回什么的心情。

他就是怀着那样的心情走进星巴克的,也是怀着那样的心情,向那个说不清和女儿还是张俪一部分产生重叠的年轻女孩发出疑问:"哎,我就想来问问……会让你们女孩子开心的礼物,应该去哪买?"

小小看见他时惊讶从脸上一闪而过,但很快变成惊喜,似乎并不知道他已经在门口观望了一会儿,看见她在才推门进来。

"叔叔是专门来问我这个的?"她眼神直直地投向周扬,那里面有熟练成自然的天真、爽朗和自信,还有看似友善的成分。她没有停下手里的工作。

"唔,对的。"周扬说。

"那您去那边点杯咖啡吧,我下了班才能跟您聊。"她微笑着说。

周扬排队领了大杯摩卡,在二楼靠洗手间一个拼桌的位置坐下。面临落地窗,窗外能看见重新改造后的思南公馆。和记忆中对比起来,老洋房的墙面一定是被翻新过了,饱和度变得很高,沿街一楼被西餐厅和啤酒屋填满,楼与楼之间的空地被霓虹灯招牌和亮闪闪的串灯发出的暖光笼罩着。淡淡的黄色,在灰白的冬季街景里分割出暖呼呼的一隅,像块躺在柏油路上铺满酱汁辅料的比萨。

这种旧瓶插新花的感觉让周扬难以界定到底是陌生还是熟悉。曾经他也在这片空地上玩耍过,不过是很多很多年前了,和那个叫阿汤的邻居弟弟一起,过来找他小姨。这可能也是他不知不觉就走到这里的原因。如果没记错，当年阿汤的小姨就住在如今变成星巴克的这幢楼，整二层都是她家。周扬上一次，也是唯一一次走进这幢楼里，是特意脱了鞋的。仰着脖子看见很多他从没在弄堂里见过，看不懂但知道一定很值钱的东西。它们像是早就猜到他会有想摸一摸的心情而高高悬挂着。他没穿袜子，脚底板踩在短毛地毯上发出不易察觉的声音。类似踩灭蜡烛，类似用手掌把腰肢柔嫩的豆芽缓缓揉断、挤碎时发出的声音。一股令人产生羞愧的痒痒的刺痛感，来自胸口，隔了三十年也没能忘记。

窗外那片空地，此刻零零落落站着很多明显认为站姿和仪态是无关紧要的人，像随意抛置在国际象棋盘中的棋子。确实有很多东西和从前不大一样了，周扬想。只是在他眼里，这片空地以及空地上的人，一直和他的生活产生不了什么联系，他站在门外很久了，于是干脆去了更远的地方。

故乡的意象在他心里接近消融。第一年，第二年，回想起上海还是具体的，等到第五年，第十年，第二个十年，上海就只剩下"上海"这两个汉字的轮廓还是立体的。和北方人说自己是弄堂长大的小孩，好像也没什么意义。他们听到"弄堂"就联想到"石库门",总以为那是阔绰之地,和"别墅""四合院"是同类名词。他们不知道"新里""旧里"和"棚户"的区别,不相信周扬来青岛以前从没在家使用过独立马桶。"毕竟上海来的,上海人日子过得再差也应该比我们好。"后来周扬很少再提自己曾是哪里人。该怎么定义?二十岁时他可以毫不卡壳地说阿拉是上海宁。身边没人说普通话,连弄堂里上海话讲得蹩脚的外省阿姨都不说,仿佛那是门外语。他作为异乡人到张俪的家乡生活近二十年,如今既无法笃定地说自己是本地人,也很难再讲自己是上海人。他唯一确认的,是女儿被生养成实实在在的本地人,即便她并不为此开心。

周扬早已不介意自己的身份了,比起这个他现在有更介意的事。


坐了将近三小时,小小才下班。换掉围裙,还是光洁的高马尾,带着那股熟悉的香气在面前坐下来,哗啦哗啦搅动着饮料里的冰块。

"你们不上课的时候喜欢干点什么?"

"叔叔是想知道贝贝爱干什么,还是我爱干什么?"

"都想知道，都想。"周扬不知道自己为什么这么说。

其实他总是刻意忽略贝贝，和面前的小小一样，已经是成年人这个事实。事实应该是贝贝走在街头，一定会被和他类似的中年男人像他现在这样盯着，用余光深深打量着。想到这他收回停在女儿同学脸上的视线，改看窗外。他听见小小说起她们的日常……从起床化妆开始，到上课，逃课，在礼堂前面那片草坪上晒太阳。

"叔叔您上次看见草坪了吗，就是大门进来左手边，几个国外回来的同学经常带我们去那里躺一躺，看看书什么的。但其实最后都在玩手机，涂防晒，男生不喜欢女生晒得太黑。"

"我们学校的男孩子很好看，和他们聊天，书其实看不进去几个字。"

"但我们不太想和同学谈恋爱，同龄男生太幼稚了，我喜欢年纪大的。"

有一会儿周扬感到恍惚，不记得自己为什么坐在这里。他记得小小话里的一些关键词。谈恋爱。有时不上课。当然会喝酒，不过喝得不多。要保持形体，发胖会被老师骂。每个人都因宿醉浮肿被骂哭过。和他回忆起自己这个年纪时能想到的关键词大相径庭。他记得自己很瘦，大姐和二姐裸露在外的肢体也仿佛没有任何赘肉。虽然他们摄入的都是现在看来最易发胖的食物，碳水化合物、糖分，但他们身上的肌肉线条清晰可见，增加一点肥胖度是难以想象但令他非常渴望的事。

"贝贝也喜欢年纪大的，我们都喜欢。"小小说。

听到这句周扬扭过头："你说的这个大，要大多少？"

小小的眼睛还是直直地看过来，甚至带着一点挑衅："和您同龄也不是不行。"

"那肯定不行。"周扬斩钉截铁地说。看见小小竟然笑了，他有些慌张，"那你图什么？"

"图他们成熟，大气呀。"

又是关键词。但是太简陋了，周扬想。

"而且叔叔，我们女孩子想要的东西真的挺多，上海东西很贵，现在哪里都很贵，年纪大一点的男生，怎么说呢，会照顾人，知道怎么对我们好。"

太年轻了。周扬想。

"被照顾到，当然会开心啦。"

但只追求开心是没用的。周扬差点就这样说了。

"不过贝贝没交过比她大五岁以上的男友，您放心吧。"小小带着那种真诚的笑意，带着一种好像周扬在想什么她都知道的表情,滔滔不绝地说着。

"你们在生活费上没对贝贝小气过吧?真好啊。"

"真羡慕她,看来我们还是挺不一样的。"

周扬觉得自己十八岁的时候,要比面前的女孩沉默寡言多了。沉默寡言是属于他的关键词。

那时的关键词还有拥挤,谦让,合理分配一切抽象与具象的所有物。磨动收音机旋钮的滋滋声。电视屏里的雪花。他日后在北方看到飘雪很难不联想起那种类似耳鸣的静音,伴随着心底升起一大团轻飘飘的怅然。有段时间,窗外日新月异,弄堂内每一日却如同复制、微缩的轮播电视剧。地铁在造。东方明珠的信号针也如塑料玩具般组装完毕,只不过是扩容百倍的模型,能想象出将之组装的手更加庞大而无形。如果站在高处,能看见建筑已像群山层叠错落在城市的底盘深处,依照资历盘踞在不同版块上。建筑跟人和树一样,也是群居属性。有人的地方就有建筑,或者说有建筑的地方就有人。周扬从没去过高处(如果上海动物园后山不算的话),所以他不记得自己是如何知道这些的,可能有人告诉他的。去弄堂对面的公惠医院的药品室当管理员以后,有阵子他变得开朗,愿意主动跟人交流。那时他收获不少信息，有种床头紧倚的那面墙突然往邻居家拓展二十厘米的酣畅，他的肺叶仿佛打开了，更多新鲜的空气挤进来。他有些分不清是他先变得开朗，还是遇到张俪以后。他为数不多确认的是，那时他们是真正快乐的，他被守在床边照料父亲的张俪的生命力深深打动了，在医院里，在张俪父亲出院后她仍然留在上海和他待在一起的那段时间里，爱的激流在他们心里横冲直撞，令他们勇敢而乐观。

那时砂纸一样粗粝的生活还没将他们打磨。

小小说周五，情人节的晚上，她们会去参加派对。在一个酒吧。她想解释这个酒吧是什么样的，但似乎没想到合适的形容词。"club，叔叔应该知道吧，您年轻的时候上海就有很多家了。"

"青岛也有酒吧和夜总会，我和贝贝妈妈去过。"周扬想说我们不是跟不上时代的人。

"哈哈不是那种，夜总会里没有人欣赏音乐，也没有人真的爱跳舞。"小小把手指竖在脸前左右摆动，"上海真时髦哈，我本地同学说他还没出生，妈妈就在衡山路开了个 club，全城年轻人都在那跳舞，特别火。"

"唔，那我真没去过。"周扬说。也没遇到过这样的同学，或真有那样的同学，跳舞时也不会带上他。那时贫瘠的生活里只有姐姐们，在弄堂门口遇到的姐姐的朋友或男朋友们，而他们从不出现在家里。二十几平的房间很难再分配给除了一天天扩张着体积的姐弟三人、母亲和爷爷以外的人。爷爷去世以后周扬感到母亲松了口气，从小腿到眉毛之间因睡眠不足导致的浮肿都仿佛消退一些。他曾以为是自己感觉错了，直到多年后二姐嫁人，他决定离开上海，他再次在母亲的侧脸上读出那种久违的松懈。

"那天 party 会有主题。"小小说。

"主题？"周扬想到"爱情"。

"酷儿，叔叔您可以搜一搜，你如果想知道我们年轻人在干吗，要再多发挥一下想象力，不然……您先搜搜，酷儿，q-u-e-e-r。"

周扬听话地打开手机，点击页面看了一会儿，愣足半分钟才抬头问："这个……你们……"他看着小小的眼睛，试图从中得到让他满意的回答，但对方好像故意戏弄他似的，什么也不说，只是狡黠地，得意地，带着一丝窃笑地回看他。

他只好摊开已经解释得很详细的搜索页面，装作什么也看不懂。"这是什么意思？"

小小像恶作剧成功一样，咧开嘴角笑了出来："哎，叔叔，您刚才在想什么？"

"我在想这是什么意思。"

"您刚才觉得我们竟然喜欢女孩子，对吧？您刚才一定这么以为了！哈哈哈哈！"

周扬尴尬地笑笑，没错，后颈的汗毛还是立着的，刚才确实有一瞬间，他觉得女儿哪怕真和林栋那小子好上了，也比喜欢同性更能让他接受。

"我故意逗你的，我们都喜欢男孩子。"小小眨了眨眼睛，睫毛是俏皮的棕黄色。"叔叔，您现在的心情是不是像坐了过山车？"

过山车。周扬的干笑半天收不回来，停在嘴角像一把弓。

"您不是问我，年轻人的生活是什么样的吗？就是每天坐过山车，每一天都想坐。"小小笑得很开心，眼角处折叠出两条弯弯的纹路。

周扬想，女儿和他这样年纪的男人说话时，也会像小小这样吗？

5

回到酒店，张俪还没回来。床上用品打扫换新后蓬松立体，周扬把两个长方形纸袋搁上去，立即压出两个沙坑一样的凹陷。综合性价比，他买了 Gucci，一个迷你链条包和一双鞋，是给贝贝的。他咬咬牙也没狠下心来买香奈儿，小小推荐时下最流行的那款，价格超出了他的想象。另一个手袋是给张俪的，类似款他见那些来工作室打针的女人背过。他以前从来没仔细思考过这些包于其主人的意义，直到听见小小说"没有女孩不喜欢漂亮东西，叔叔，如果我们买不起，总归希望有买得起的人能送我们呀"，他觉得话虽粗陋但有点道理。

小小带他逛新天地，介绍鞋子时说这是爆款，女同学人手一双，应该买。"贝贝收到肯定特别高兴，情人节惊喜！哎，真羡慕她有你这样的老爸！"贝贝的脚码也是她告诉周扬的，关于女儿周扬还有很多知识盲点。

刷完卡，小小盯着他说："叔叔，很多事解决起来其实特别简单，比你想象的简单多了，对吧？"

周扬动了动僵硬的脖子，没有说话。

张俪发信息问他吃了没，要不要外面一起吃点。周扬回：吃过了，给你买了个礼物，你回来看喜不喜欢。

门轻轻地开了，又轻轻地搭上。张俪做任何事始终是轻手轻脚，除去一两次歇斯底里，剩余在周扬的记忆里留下的所有姿态都是微颤，轻盈。她看见床上的纸袋愣了一下，随即问："你做了什么错事呀？还是打算做什么错事呀？"

周扬声线拖得延绵且长："唔，情人节……看到有折扣。这个是贝贝的，那个你看看喜欢吗？"

张俪面带疑惑拆开贝贝那袋，见是个纸盒，问："你知道贝贝的脚码？"

周扬说："我当然知道。"底气十足。

张俪还是拎出一只鞋底确认了尺码，又放回去。"这么贵的鞋，别买错了。"然后才打开属于自己的那个纸袋。小心翼翼拆防尘布，把手提袋拿出来，检查，谨慎得像随时打算退货。

周扬忍不住说："是真货。"

张俪抬头看看他，说："我知道。"

她的情绪像被某种理性压制住了，困在眼眶里。和这些年的很多时刻一样，让周扬无法分辨那究竟是什么。

从那个对他们来说是关键性的一年开始，似乎为了避免有哪样重要的东西再次从身体里溜走,张俪逐渐学会了某种控制情绪的技巧,而周扬还没能掌握。控制声音的平稳,动作的轻盈,五官不过分位移,不为忽然降临的幸运感到过分喜悦,也不再为意外遗失的所有物产生剧烈的痛楚。她没继续追问"为什么买这些",而是淡淡地说"挺好看的,我很喜欢",把包收进行李箱。即便她真的问了,周扬也只会回答"这样的折扣只有上海才有"。激烈的对话已经不会在他们之间出现。

"这个。"张俪看着墙角那袋,"明天给贝贝拿宿舍去?"

周扬说:"不急。"

张俪没说话。过了一会儿很轻地问:"走之前真的不去看看二姐?"

他们在上海待不了几天,工作室的顾客都等着他们回去。

"上次搞得你太累,要不这回别去了。"

"我倒是没关系,这几年辛苦的是大姐,我们没帮上什么忙。"

周扬顿了顿,说:"最近我再打点钱过去。"

三年前收到二姐的病危通知,他们是一起回的上海。二姐做开颅手术抢救过来,但智力成了幼童,右边身体瘫痪。周扬在医院看护了几天，面对那么一具熟悉又陌生的女性身体无从下手，笨拙地帮她脱衣，擦拭汗液分泌最密集的关节处。上次看到二姐裸体时他还不满十岁，尚未发育，在他心里二姐好像永远是弄堂里最靓丽的少女，和眼前这个顶着有疤痕的光头，嘴唇乌紫，眼神也十分浑浊，不断伸出双指放在嘴边问他要烟抽的老妇有很大出入。二姐没有结婚，他也没问过她为什么。离开上海后，他奔向了一些生活，也主动选择和一些生活断开联系。

那次是张俪看出他的难过、尴尬和试图逃避的脆弱，接替他完成义务，用平时教瑜伽时轻放在学员腰部的手耐心帮二姐翻身，擦身体。周扬感受到一种久违的、暖融的爱意重新在他和张俪之间流动，结婚近二十年，对这场婚姻毫不悔恨的信念总在他们共同面对困境时变得坚挺、牢固——但或许，这只是他单方面的感觉？

二姐在疗养院住了三年。周扬再也没去看过她，有时微信里和大姐视频，大姐会让二姐在那头跟他说几句话，挂完电话他把下半年的住院费打过去。起初还寄希望于康复医院，后来他渐渐明白成年的二姐很难再回来了，她可能永远只有七岁或十岁，不会再理解他们姐弟的担忧和痛苦,也不再关心。

"你要是想去,我就陪你一块儿去看看。"张俪此刻用那双服务过许多人的手,滑动着手机屏,似乎在翻朋友圈。

她还爱着他吗?

周扬不太肯定地"嗯"了一声,说:"我们有必要先去另一个地方。"

6

这里的早餐店周扬小时候来吃过,生煎、馄饨、油豆腐粉丝汤,现在仍然是这几样,但对面的菜场早拆了几轮,再建的新楼已成旧楼。一楼沿街现今是几家风格迥异的酒吧,门口站着一些看上去不满二十岁的年轻人,以及另一些脚踩高跟鞋或尖头皮鞋明显是刚下班的中年白领。这么冷的天,不少人光着腿。白领们谈笑风生,面对面手持红酒杯,像某种造型。周扬纳闷为何他们下了班喝酒还不选择坐着,不像另一头的年轻人,更多是坐在石阶上、马路牙子上、楼梯扶手上,没地方坐的才不得不站着。和周扬在贝贝宿舍楼下看见的那些年轻人差不多，绝大部分把自己裹进剪裁怪异的黑色外套里，眼神四下扫射，偶尔才短暂停留到面前那张脸上。周扬不知道他们在寻什么，他也顾不上想那么多，拉着张俪绕过那些浮萍般的身影，勉强避开地上不知是呕吐过后的残渍还是打翻的酒，上电梯，来到四楼。

电梯门开，四周黑洞洞的，只有几束红光在头顶旋转闪烁，光追来的时候周扬看清漆黑处都是人头。小小告诉他的地址是这儿没错了。如果不是音乐过于震耳，他觉得这里和小时候走进的某个参观钟乳石的洞穴有点像。一路过来屏住的想掉头回去的心情，真走到这儿却消散了。他在幽暗的人流中按照保安的要求购票，一边试图寻找贝贝的身影。他一直记得今天派对的主题，因此观察着这些进出的男男女女和平时看见的那些有何不同，在打量他们的同时能感到自己也被不加掩饰地打量着。他知道在这个空间里，他和张俪不管从年纪、装扮，还是前来的心态，都散发着一种不合时宜。老派的新手。他分辨不出那些和红光一样散射过来的眼神中是猎奇、嘲弄还是漠然的成分更多，但他不太在意。放在二十年前他一定是在意的，现在则完全不。他往下拉了拉羽绒外套的边缘，用刚才那只被保安盖过戳——竟然就是门票——的手,牵住张俪继续往里走。当年参观钟乳石,他也是这么牵着二姐的手往人群深处钻的。

他们没有看见贝贝。进去以后能看到的只有紧挨着音乐设备的DJ,以及少数站在前排脸被灯光打亮的人。张俪主动说,要不要买杯酒。他们被人群几乎是推着走到环形吧台,在周扬犹豫不决时调酒师把酒单推过来,什么也没说扔下他们转身去了别处。

红光在酒单上晕染开,周扬得趴上去才能看清楚字,但他越看越糊涂,只好递给张俪,几乎用吼的:"别忘了我们干什么来了。"

"喝一杯也不耽误啊,"张俪也很大声地说,把手捂成一个喇叭筒,"我们是不是很久没来酒吧喝过酒啦?"

"这种酒吧我们一次也没去过。"周扬喊。

"你自己也没去过?"张俪喊。

"我自己也没去过。"

又补了一嗓子:"那你去过吗?"

"也不能算是去过吧。"张俪凑在他耳边说。

"什么?"周扬继续喊道。

"没——我说我没去过!"

他们依据鸡尾酒配料表里的水果选了两款酒,一个百香果的，一个哈密瓜的。他们和周围的人一样坐上高脚椅，等待他们的酒。

从四遍八方拥挤而来令头皮震颤的音乐具体是什么，周扬形容不出来，只觉得有些像躲在岩洞中等雨停的感觉。把声音在脑中具象化的能力更像他一种无意识的天赋：暴雨打在岩石上，从洞口方向传来的声音是密集与密集的叠加；耳膜在暗处震动如鼓点，不远处有光照进来的一小片区域，蒙蒙亮着。

此刻的音乐让他联想到无数种等待。

曾经寒暑假不得不住回家，躺回他的小床（那张床曾躺过爷爷、爸爸、二姐，在他们分别以不同的方式离开以后他接收了那张床，或者说是那张床接收了他），整条弄堂里的声音毫无遮掩地环绕在耳。他怀疑那时每家每户都没有拉上窗帘的习惯，声音飘浮在低矮的天花板，有时具象得像台风前交叠碰撞的云。洗刷锅碗瓢盆和搓衣服的水声，小孩的哭闹，压低音频的嘶吼，总感觉有一场真正的暴力斗争即将发生，但最终不知被谁咽下了。消化。整栋楼，乃至整条弄堂，都像出自一个庞然大物的肠胃，好的坏的统统内部消化。那些喧闹、不愉快，山雨欲来的冲突的声音，往往迅速于那些快乐的音频，最先传入耳膜。如果躺一下午，周扬能根据音阶分辨出产生快乐情绪的住户只占十分之一。那些声音让他试想过无数种离开的方式。有时觉得，那或许才是他最终和那里彻底告别的真正原因，后来出现的外省恋人，被迫失去的第一个孩子，以及"无法放弃的第二个女儿"，都只是额外的助力。

他们等来了他们的酒。

在人群里看到贝贝、小小和其他朋友的时候，他俩已经喝到第二杯。张俪从高脚椅上滑了下来，眼袋下方浮出红扑扑的两片，靠着吧台轻微扭动着身体。她似乎挺喜欢这里的音乐，看见贝贝以后也更高兴了。周扬没想到她能这么高兴，也没想到她仍然这么喜欢音乐和跳舞。他以为时间可以令所有高饱和度的东西褪色，几乎不会有意外。毕竟生活曾让他们感到狂喜，也令他们一夜间陷入绝望过。后来他猜想可能所有人都一样，不可回避的既不是幸福，也不是不幸，而是像弹球一样在两者间迂回前进所形成的独一无二的路径。冗长的电波图形。和弄堂里传来的那些快乐，但更多是不快乐的声音一样，二维的生活缩影。

贝贝没有发现他们的存在，或者说他们成功地做到不让她察觉。周扬一只脚撑在高脚凳上，另一只脚站得有些发麻，他远观着贝贝舞池中纤瘦的身体和面部表情的变化，小心翼翼的程度仿佛回到第一天送她去寄宿制幼儿园。

他错过了她大部分童年。准确说是和张俪一起错过的。老丈人过世后某段时间医疗器材生意难做，他四处寻找新的挣钱契机，有人推荐他搞医美，成本低，进药渠道也不难找。他花了些力气让生活有些改善，但还没轻松到不需要张俪出来工作。后来张俪开始在他的整形工作室教人跳舞，近几年改成更受欢迎的瑜伽。他俩在里外屋当同事，卧室放美容床和仪器，跳舞用的大面落地镜装在客厅朝北的墙上。彼此有一些重合的顾客，但更多不是。这百分百不是他们当年在公惠医院相遇时、相爱后，在他决定离开上海跟张俪回青岛时畅想过的未来，但也没有太超出预料。他们坚持下来了，这几年偶尔比当公务员的朋友还挣得多点。但贝贝因此有很多年在寄宿制学校。从一周回家一次，到一个月回家一天。有那样的学校，他们不太在意她是否愿意就把她送了进去，忙碌让他们别无选择。在那之后，仿佛施了肥一样，贝贝在接近于封闭的器皿中一夜间被培育长大，也是别无选择的结果。

舞池的光追到贝贝身上，一起照亮了身边男人的脸。不是林栋，也不是任何一张周扬有印象的脸。也照亮了贝贝脸上满溢的快乐，明显比和他们待在一起的时候要快乐多了。周扬觉得这颗他曾经亲手播下的种子，如今已过分成熟，他看了看身边的张俪，依然摆动着身体，幅度很小，像被微风拂动的柳枝，眼睛微闭。此刻她们母女俩的快乐仿佛同步了。这个空间令她们更加相像，其实，连她们带给周扬的，似乎要从他身边离去的感觉也都太像了。

可能是酒精的原因，心跳得很快。扑通扑通。周扬想冲上去，推开贝贝身边的男人，对女儿说，照顾好自己宝贝，男人是什么样的东西你老爸我可太明白了。同时他也想伸出手，把张俪拉到自己面前，问她那条微信是怎么回事，他在贝贝手机里都看见了。

他记得那天他把手机放回原位，艰难得像从悬崖边退回。客厅里张俪斜躺在沙发上看电视，一个热热闹闹的综艺，双脚陷入泡脚盆里，电动泡脚盆的震动声总让他以为是手机在震。他记得那天夜里窗外不停有炮声。春节禁燃爆竹的规定在这个城市不大奏效，总有人偷偷地，仿佛故意地逾矩。张俪背对他，被子紧裹着的身体像一条广式长粽，贴着床边应该是睡熟了，鼻息轻柔而均匀。他突然想看看她放在床头的手机。他好像从来没看过她的手机，却知道她的密码是一个"Z"形手势。这个家的每个人，和手机一样，正面朝上摊开，看似毫无隐秘之处，然而……周扬觉得自己永远也不会知道，她们母女俩究竟互相收藏了多少秘密。心跳声在他和张俪不算宽广的身体间距里弹来弹去，飘向窗外楼与楼的间隙，飘过落满炮仗的犄角旮旯，撞击和户主一起沉睡的居民楼墙壁，绕了一圈又回到周扬胸前。扑通扑通。

如果他问了，张俪说没有那回事，是他看错了或"只是去看个普通朋友"，他愿意选择相信，再也不谈这事。

但他此刻喝得还不够多，所以什么也没有问。他认为男人在清醒时不该总是发问。在他们当年知道无法把第一个孩子生下来之后，他有过一段过量饮酒，把全身上下的脆弱都翻出来给人看的日子，但他和张俪都不喜欢那时的自己。很长一段时间里除了生意应酬，他不太愿意碰酒精。张俪那时不喝，别说酒，她连饭也不想再吃。周扬其实从没问过她是依靠什么来度过那些难挨的时日的。他曾以为是他，后来以为是他们的婚姻，再后来，他确认是贝贝的出生或多或少拯救了张俪。

空酒杯不知何时被收走，张俪早就把第三还是第四杯也喝完了，她可能喝得太多了，不然周扬认为她不会在说完那句话之后，突然把双手伸过来撑在他的手臂上，埋下头，肩膀轻微地抽动起来。

仿佛是从遥远洞口传来的，虽然那并不是个真正的疑问句。

"你说，我们有这么个女儿，也没什么不好的，对不对？"

周扬不知道她想表达的是他们不应该再为没能将本属于他们的第一个儿子生出来而感到遗憾，还是指贝贝作为他们的女儿已经足够让人满意，还是……他们能共同拥有一个孩子这件事本身，让她感到并不后悔。

他看了眼贝贝，把头靠近张俪，说："当然了。"

张俪在巨大的音乐声中哭得仿佛静音。周扬伸手搂住了她。

扑通扑通。音乐的鼓声几乎和心跳同频，咚次咚次。他在如时钟的帧数中，重新回顾了和张俪相识的这二十年，用了漫长的一首歌的时间。

某个瞬间他们把贝贝都忘了。

仅仅是很短暂的一瞬间,因为人群中的一小簇骚乱很快引起了他们的注意。入口处的门帘被频繁掀开,有一些人进来,同时有一些人出去。周扬以为到了某个时间节点,大批观众离场是惯例,但突然头顶和四周所有灯都被打亮,整个舞池仿佛进入白天。音乐还没停断,动态的人群却像被按下暂停键,凝滞下来。大家在等待什么,灯光重新暗下去之类的,但灯始终亮着,像镜子一样照着所有人的脸。紧接着音乐也停了。一切发生在六十秒以内。张俪抬起头和周扬四目相视,随即扭头去找贝贝。

他们发现贝贝还在原地。这次周扬看清了贝贝身边的男人环抱着她的胳膊,贝贝穿着卡其色的紧身中袖线衣,也紧紧地搂着对方,两个人像相互搀扶着站在草原上张望同类的袋鼠。人群逐渐沸腾起来,有人从身边撞了过来,很拼命地往外挤。更多人茫然地站在原地,被人墙阻碍着无法移动步伐。

"操,真倒霉!"周扬听见周围的人讨论。

他扭头问站在吧台这时候开始洗杯子的调酒师,怎么回事。

"例行检查,别担心啊。"调酒师从水池上方抬头,没停下手里的活。他好像想让一切显得自然，但明显刚才根本不在意那些杯子。

"查什么？"周扬问。

调酒师这次没回答，倒是旁边一个男孩接过话："看谁带了不该带的东西进来呗，春节么就这样，查太严了。"他不知道喝了多少，说完就和身边的几个人笑作一团。另一个男孩指着他身边的女孩说："你不该带进来的是女人吧哈哈哈！"

"靠幺哦！"这个男孩并无愠色地回了他一句，"最近遇上第几次了？感觉这地方也得完。"

"哎，好玩的地方都关了。"被骂的男孩说。

周扬拉上张俪试图往贝贝那个方向移动，但几乎无法挪步，有一撮人流从入口处涌入，人群顺流往两边分开。他感到在赤裸的光线下，贝贝和小小好像已经看见了他们，但不知道贝贝脸上的惊讶更多是因为他，还是正拨开人群往这边移动的警察。排查似乎是随机的，一些人被戳戳肩膀带出去，留下身边佯装镇定的同伴。警察绕过他们继续往前走。

"怎么办？"张俪感觉酒醒了，挽着周扬的手臂使了使劲。她把泪抹干净，脸上的担忧表明她对贝贝长久以来的信任动摇了。

而周扬此刻却成了全场最镇定的人。

他脸上的表情好像在说,这一生,他什么场面没见过呀。他非常笃定他的女儿,贝贝,即使在青春期,也不会愚蠢到携带或者有意无意吞下那些不合法的东西。即使她被警察怀疑,他也可以拍出身份证对警察说,看,我是她爸,我们一起来的,我做不到眼睁睁看你们污蔑我女儿。最好用上海话再补一句,我从小在卢湾长大的,没见过你们这样丧失判断力的警察,啧啧啧。最好是最复杂的那种情况,因为不管怎样他都能解决,而且这一切会成为他和张俪、贝贝之间绝无仅有的特殊回忆。有几年他还困惑过一件事,就是除了去影楼、逛动物园、出门旅行,一家三口还能做点什么留下共同记忆。真是巧了。贝贝需要他,他想,张俪此刻也是。他不仅能成为他们的依靠,还可以在一切结束之后把他买的 Gucci 拿出来,当作虚惊一场后的美味甜点,真正的情人节惊喜。他甚至把贝贝的信用卡都准备好了,以后女儿每消费一笔账单,发到他手机上的提醒短信就是他们之间独特而有效的沟通语言。双眼皮什么的,他也不是不能帮她割。他不打算对往事纠结了,小小说得很有道理,很多事解决起来其实很容易,他打算重新开始。二姐也是,七岁的智力,在床上生活,像回归本属于他们的童年,重新开始。他准备去看看她。此刻,他握紧张俪的手,如鱼投入水库。排查队伍正往贝贝的方向移动,而他尽力紧随其后。一点点靠近。人群在他和张俪两边分开,他觉得自己在走一条从没如此奋不顾身和理由确凿的路。贝贝这回一定看见他了,因为她迅速把放在身边男孩身上的手放了下来,腰间露出的是他前两天在新天地没有狠心买下的小羊皮包,香奈儿的标志在人群中闪着银光。

  身后不停有人涌上来。周扬知道自己不能停下。

# 绿洲

十月中旬，利群开车去接表妹和她男友。

路过总统府附近，柏油路两侧的蓝花楹已经盛放，紫色花串密密沉沉地悬挂在枝头，即便没有风，细碎的花瓣依旧在烈日下无声跌落。车仿佛开进一条下着雨的紫色隧道，明暗相接，没有尽头。

一切像是梦中景色。

照理说是看惯了，每年至少有一个月，开普敦像启动新滤镜，进入由蓝花楹笼罩的紫色氛围中。十年前第一次见，利群就被这种超现实的美给镇住了，紫色的雨，连电视上也没看到过，如今搭配南非大陆批发般夯实的阳光，真实地落在肩头。不可思议。利群至今记得因惊喜而产生的酥麻在后背阵阵扩散的感觉,她激动地紧紧抓住身边何广志的小臂,那是来到开普敦的第二年。

广志惊讶地问:"你竟然没来总统府看过蓝花楹?每个在这儿的中国人都会来。"利群使劲摇头,手始终没松开。"这里怎么会有这么美的地方?"

那时利群在大哥托熟人介绍的中餐馆当服务员。说是熟人,也不过是做鲍鱼出口生意时留过电话的同乡。她住在厨房后头的员工宿舍,鲜有自由出门的机会和胆量,只在偶尔跟厨师去早市进水产时看过清晨的城市街道,瞄到一公里内没有黑人,便下车走走。

没多久利群接受广志的表白,两人谈起恋爱。

如今他们结婚第九年,女儿四岁。这些年利群逐渐习惯了开普敦的一切,某天开始,经过贫民聚集的街区,面对直射而来的黑洞洞的眼神她已不再慌张,淡定地摇上车窗再加一脚油门也并非难事。春季,隔两条街,就能开进这片摄人心魄的紫色花海,即便短短的,却也可以靠减缓车速延长旅程。她后来接受了这个城市的诸多惊人之处——想看完全不同的两个时空之景,竟只消两脚油门;许多仿佛不真实的真实,彼此之间也并不存在合理的间距。

因为蓝花楹而忆起往事，利群有点激动，开车时哼起江蕙的《惜别的海岸》，任窗口溜进的风把额前这几年更显稀薄的刘海吹乱。那是小时候教表妹唱过的歌。很多很多年以前了吧，总之一定有十几年了，和表妹曾密切地玩过一阵子，一起跳房子，拿小姨给的钱去小卖部买奶片和魔鬼糖之类的。利群很喜欢那个小姨——家族里的时髦人，对晚辈的疼爱不分性别——这点和爸妈简直来自两个半球。利群有点记不清和这对母女最后的会面是自己下决定去南非的前年春节，还是表妹考进省重点高中的那个暑假了，成年后她们的会面变得相当稀有。不过表妹当年雀跃着奔去小卖部的细瘦身影，却仍像土褐色的茶渍挂在记忆的边沿，摇摆的双马尾、潮湿的院巷、伸手递出被攥得皱巴巴的纸币……遥遥的少年时光，自由和快乐都十分真实。

当妈妈在微信群里告知表妹要来，群里其余三个男人都没有讲话，像不记得这个表妹是谁（大哥和小弟当年也跟表妹相当要好，不知为何这些年却失联了）。只有利群感到非常兴奋，一团含蓄的喜悦在心里滋生。真好，很久没有像样的值得期待的好事了。她提前好些天问广志能腾出时间一起去车站接人吗，广志应得很肯定，他没见过这位表妹，但为利群终于有远方亲友到访而感到欣慰。这些年来他多少懂一点妻子既挂念又担忧见到家人的矛盾心情，不过当天他却临时说店里忙不过来，匆匆将车钥匙留下便出门了。利群理解广志说忙是真的忙，今年他和朋友新开的印度餐厅缺人手，只想找华人雇工却又信不过他们，因而总是一早赶去店里监工。下午那段时间待在电器行，那个靠近华人街的小铺子，利群曾和他共同打理过几年，由于广志某种程度上的精明和擅于周旋，总能比隔壁几个印度裔老板更早进到新货，他们靠此赚过一些钱。哦对，最早发现刻录光碟利润惊人的也是广志，他更擅长发掘这些利群不了解的小道消息。小艾出生后利群回到自己熟悉的领域，全权负责家务和小艾的一切，少了帮手的广志雇了一个有点懒但颇有销售技巧的本地人（本以为这个叫 Luke 的黑小伙除了调侃女客和常常宿醉以外没什么毛病，去年却发现他在结账时动手脚）。那以后换了新兼职，广志不放心，傍晚关门前始终要去店里看着，打烊后再回餐厅站岗。

因此，即便利群有些失落，广志大度让车的行为还是让她接收到他忙碌之余施展出的关心——他们共用一台车，没车开的人只能走一公里路去搭巴士。这个家的收入源头不仅充分榨干了自己的时间,还愿意为她们母女贡献代步工具,她怎么还能再责怪他陪她们的时间少得可怜?

最终陪利群去车站的是小艾。利群擅自做主替女儿逃学一天,出门前仔细帮小艾洗漱打扮,替她把一头遗传自母亲、些许发黄的细绒软发扎了个精神的双马尾,颇为隆重地往她怀里塞了只毛绒兔。今天要去见小姨哦,利群这么对小艾说。小艾不以为意,黑褐色的眼珠在眼眶里活泼地转着,眼白又润又亮。在此之前她并不了解小姨是什么,对家人的含义也很模糊,毕竟连外公外婆也只在手机屏幕里见过。她的兴奋主要来自不用去幼儿园,而不去幼儿园的出行几乎等同于春游。

火车站外,利群开着那台灰色的四座大众缓慢匀速地找停车位。她小心绕过一些聚集在车周围的影子——那些黑黑瘦瘦个头差不多高的本地孩子,你很难分辨究竟只有七八岁,还是已经有十三四岁。他们散成几簇,看见有车来便乌云般凑拢过来,用手敲击车窗。利群吩咐小艾在后座的安全椅上乖乖坐好,小艾听话地摆弄着手里的兔子,抚摸兔子的耳朵,时不时给它们打结,再解开。

表妹说出站了,利群把语音电话开免提,像年幼时在海上寻找鱼群一样校准目光。远处有类似旅行团的人流从车站涌出,基本上是白肤银发的中老年人,有两个亚裔模样的一男一女夹在其中,推着三只行李箱边过人行道边扭头张望。

"看到你们了!扎丸子头的是你吧?"利群冲手机提高音量,她感到自己的脸涨得通红,把车窗摇下来向外挥手。"走到底,这里有很多车位,不要管那些小孩!"她不想把小艾一个人留在车里所以没有下车。

行李箱靠近时滑轮接触地面的声音很吵,却让利群感到一股越来越强烈的振奋,静等了一会儿她觉得时间过得太慢了,忍不住还是率先跳下车,掀开后备厢,像五星酒店的礼宾员一样候在车边。那两个不疾不徐地推行李的年轻人见状,不得不撩起墨镜,加快脚步来到她面前。

"姐!"丸子头女孩先喊,声音脆脆的。

利群和她眼神对上的第一眼,手臂欢快而僵硬地挥了挥,她兴奋得不知道该怎么用肢体语言表达,即便她几乎已经认不出表妹的样子了。她留意到面前两个人泛红的脸颊和额头上薄薄的汗,同时瞥见一群黑影已经朝他们移来。

"快，我们先离开这里吧，到车上说。"

穿着露肩的碎花连体裤的表妹坐进副驾驶，一股类似甜橙的水果香气也跟进来。男孩把行李搬进后备厢关上，紧接着把自己塞到后座，和小艾坐在一起。那些黑黑的小手很快凑近他们的车窗。利群在一双双深水潭似的眼睛注视下发动车，手们在窗外和车一起慢速移动着。表妹对那些小手感到惊异，瞪着小鹿般的眼睛看看手，又看看利群。

"刚才停太久了。"利群解释道，把车窗开了条缝，递了张零钱出去。"通常给钱会避免麻烦，但不给也不要紧。就是别和他们对视哈！"拿到钱，手们立即四散，转向其他车位。

他们顺利把车开上大路。

男孩的声音从后座传来："姐，叫我小宇就行。"

"我男朋友！"表妹干脆地介绍。

利群往透视镜里看了一眼，男孩朝她礼貌地微笑，身体和头都往前躬了躬。灰绿色的T恤下露出半截刺青的手臂，非常瘦。小艾正尝试用兔子的两只长耳朵在那截手臂上打结。

利群唤小艾不要那么对第一次见面的哥哥，说完发现应该喊叔叔才对。

小艾默不作声把兔子耳朵收回去,叫小宇的男生则露出轻松的笑容。"哎呀不要紧,"他伸出食指对小艾说,"在这里打结会容易很多哦。"

小艾试了试,系上了,果然容易很多。

这也是利群在透视镜里看到的。她左臂时不时被身边的表妹钩住,热乎乎的,还有点黏。和表妹有十几年没见,微信也是因为这次行程才加上的,但能感到对方的热情不减。"姐,你都没什么变化!"表妹将一张白皙却看不见毛孔的脸凑近凝视利群,不知道是化妆的关系还是兴奋所致,泛红的双颊使那张脸更具有少女的神韵。

"唔,是吗?"利群不大好意思,生完小艾以后她感觉自己衰老了很多,不仅连续几年的体检报告提醒她需要注意肥胖导致的三高和心血管疾病,肾结石和胆囊炎也困扰着她。除了不再用皮筋束发以免露出越来越高的发际线,她已经可以做到对顽固的脱发视若无睹了。

"你倒是越来越漂亮啦。"她说话的时候又扭头看了眼表妹,在南非这种地方生活久了,唇红齿白的表妹简直精致得令人震惊,印象里两眼之间原本贫瘠的山根(无论是妈妈、小姨、利群,还是表妹,她们一脉相承),如今也饱满立体起来。

"我啊？一直就那么回事儿吧！"表妹嘻嘻地笑着，手又钩过来。大概在北京生活久了，口音完全变了。"我们现在去吃什么大餐？火车上很没劲啊，景色是挺美，但看多了也就那样儿了……"

利群打算带他们去她和广志最喜欢的餐厅，海鲜是闽南做法，家乡的家常菜。

"没有别的好吃的啦？"听闻吃中餐表妹有些失望。

"中餐挺好啊，一路过来想换换口味。"小宇说。

"好吧，也行呗。"表妹耸耸肩，换了个舒服的姿势靠着，把双脚抱在胸前。"反正能见到姐姐我就已经很开心了。"

利群也感到开心，差不多是这几年除了小艾学会喊人、发现她和广志的积蓄还差一点就凑够花园大道一幢楼的首付以外，最开心的事。虽然不自觉想把表妹当成孩子（她像是一直定格在记忆中），但实际上她们没差几岁。当利群发现表妹的天真和直率似乎没有因年龄的增长而折损，某种兴致勃勃的东西仍然在她身上流动，她简直松了口气。是因为没结婚的关系吗？表妹显得好年轻。她既惊讶又羡慕，甚至在某个时刻产生了"既然血缘相连，我或许也会有那样的基因吧"的想法。

因为开心，她右手中指和无名指在方向盘上敲打着无序的节拍。她在后视镜里看见小宇一直把一只手举着给小艾玩，小艾很喜欢他的样子，很快就和他亲近了。

经过总统府看到蓝花楹，表妹惊呼了一阵。小宇说她在"非洲之傲"列车上看见沙漠火烈鸟和闪电，也都这么大呼小叫的。他形容她大多时候咋咋呼呼的很造作，缺乏礼貌，只有偶尔才让人觉得率真可爱。利群一直跟着笑，感到一种久违的浪漫。

坐进"中国大饭店"，利群点了招牌的卤水牛腱，本地鲍鱼切薄片油淋，葱爆龙虾，还有一盘炒空心菜。表妹端详菜单，问蔬菜怎么比肉还贵。利群让他们再点两个菜，小宇说差不多了先吃吧，等姐夫来了再说。利群还是加了一份凉拌龙豆和桂花糯米藕。她给广志发了信息，还没收到回复。

等菜的时候他们从这趟南非之旅聊起来。两个人先是去克鲁格那边的私人营地住了几天，白天进丛林里探索动物，犀牛、角马和长颈鹿是最容易遇到的，豹和狮子则要耐心寻找，晚上窝在房间里，有大把空闲时间整理白天拍的素材。据说表妹在当"网红"，所有旅行的照片和视频都由小宇帮她拍摄，修剪，发到网上，获得足够的点击量便可以有广告收益。表妹这两年吸纳了不少仰慕她生活方式的粉丝，因此经营网店卖一些女生爱用的洗护用品，带给利群的护发精油和洗面皂都是店里销量最高的产品。她点开手机软件给利群看主页，明亮高饱和度的照片，大多以吸睛的风景为背景，有些在室内，表妹却穿着华服。每一条都有不少点赞和评论。有些照片利群看过，刚加上微信那天，她把表妹朋友圈里可见的照片都刷了一遍，但即使这样见到真人时仍有不小的震撼——她竟然真的和照片中长得一样，甚至因为神态丰富而更好看一些。

离开营地，他们搭豪华列车"非洲之傲"到开普敦，三天两夜起居都在车上。南非人人知道"非洲之傲"，不过两个人三万多的消费打消了大部分人的念头，包括利群和广志。

"噢，去营地之前要在约翰内斯堡坐小飞机，所以在那停留了一天，但什么也没干。我俩不敢出门，就在酒店里游泳，吃自助。"

"我们发现南非酒店的早餐比欧洲很多酒店都丰盛，特好。"表妹说。

"不出门是对的,确实不大安全。"利群说。

"据说去年还有男明星拍电影的时候被抢了,不知道真的假的?"

利群摇摇头:"不清楚哎。"

"姐你去过约堡没?"

利群点点头:"来的第一年就在那儿。"

"哇……"他俩感慨似的,却没有继续问下去。不知道是否听家里人讲过利群是怎么来的南非。

利群后来认识的每一个中国人,多少都在约堡生活过,许多同乡出没在街头巷尾的商铺,或某些街区狭窄的走廊深处,他们频繁相遇,对话却寥寥。相信那个城市从来没让他感到过安全,却成为漂流者的必经之地。如果没有必要,利群不想回忆当时的任何一天,不过却打心眼里觉得不后悔做出那个决定。相比留在家——那片带着鱼腥气的海上,漂流以及为此付出的一切,都是值得的。

饭吃完,广志仍没有来。利群把剩下的菜打包让表妹带回去当夜宵,表妹说不用,饿了在酒店里叫就好。利群只好把装着半只龙虾和几片鲍鱼的塑料袋拎在手里。小艾依依不舍地和他们说拜拜,看起来很喜欢这个

第一回见面的小姨,还有她非要喊哥哥不可的小宇叔叔,她临走前拉着小宇的手说:"我家里还有好多兔子,你不想来看吗?"

小宇摸摸她的头:"那你想来酒店找我们游泳吗?"

广志很晚才到家。喝了点酒,语速很快地说着今天店里发生的事,舌头有些打结,停顿不在正常的节奏上。利群正在镜子前试泳衣。很久没有跑步,腰上的赘肉厚出两圈,大腿边缘又粘在一起,镜子里看不见两腿间存在缝隙。不知道为什么,她总觉得泳衣就应该和完美的身材合作,否则就会像一场糟糕的行为艺术,未经谋划的犯案现场。镜子里的人转过身,泳衣的吊带在肩胛处勒出两条明显的凹陷,轻飘飘的裙边没能将臀部深一条浅一条的肥胖纹成功遮住。利群知道对于三十三岁的女人来说,这算不上好身材,但也算不上最糟。那些遍布在大腿内侧、从屁股延伸到腰部的无数条疤痕一样的纹路,是反复发胖,减肥,再发胖,身体收获的印记。正因为这个,她从青春期起就无法长久地凝视自己。然而如同扩张版图,产后腹部也被纳入失地,纹路像年轮一样有自我意志般生长着,还贷通知似的定期提醒着她。

"干吗呢?"广志从身后环抱过来,头埋进利群的颈间,对腰上的赘肉狠捏一下。他倒是从来没介意过那些纹路,如同不在意自己的不修边幅。"艾艾睡了?"

广志的胡茬扎得利群很难受。

"玩了一天,很快就睡着了。"她推开酒气的源头,突然对他今日的缺席感到不满。

"洗过澡了?香香的。"广志再次搂上来,手从腰部滑下去。利群立刻理解了他的意思。但她缺乏兴致。她想问他洗澡怎么总不洗头,又懒得开口。男人好奇怪,时常以为理解和满足他们很容易,时常又觉得不是那样一回事。

利群试图掰开那只手,手坚持了一会儿,看她态度坚决,也就听话地收了回去。手的主人解释自己今天不得不待在店里,请利群谅解。

广志的好,在于从不过分要求利群做什么,正如利群对他那样。抛开那些情绪作祟的时刻,他们对彼此都算宽容。但也常常因为过分宽容,为了避免僵持而节省体力,这些年很多时候他们不得不单独作业,各自面对一条长长的路。在婚姻里他们配合得不错,但某些亲密的连接与仪式感似乎也一次次地流失掉了。哪里漏了,是哪儿呢？利群想过这问题，却不知道该把防水胶布贴在哪儿。与其说她今天生气广志的缺席，不如说是为彼此越来越频繁的缺席感到懊恼。但或许，这就是夫妻间的常态？这个问题在她当年遇见这个和她一样远道而来奔赴新生活的广东青年时，从未想过。

删繁就简，求同存异，更重要的是共渡难关。这是利群在之后的婚姻生活中揣摩出来的，却无法跟任何人确认正确答案。

她和广志共渡过不少难关，她还应该贪心更多吗？

广志躺回沙发上，侧身盯着镜子里的利群换睡衣，仿佛观察，但也只是观察。感叹了一会儿白天发生的事，基本上还是"雇员让人无法完全信任，但做事挑不出毛病只能先用着""合伙人经营其他生意顾不上管餐厅，只能自己多操几份心"这样的常谈。一些每天都在发生，却好像永远也无法解决的事。最近总被他提起的是"特朗普又来掺和已经够糟糕的经济，兰特简直跌个没完没了"。兰特已经跌了好多年了，利群想。是这些像磨盘上等着被碾碎的粮食般一颗颗、坚脆硬实，一群群、不断有新的冒出来，令人产生无法停歇的疲惫感的日常，使广志变成一台回家便瘫在沙发上仿佛断电的机器。

她为自己拒绝他的索取而内疚。

两天后的周末,利群带小艾去表妹的酒店会合。

巴士停在维多利亚港最热闹的商业区,人群在巨大的云层下攒动,远处宛如横切掉颈部的桌山清晰可辨。Table Mountain,如其名具有平坦的顶部和朴素的立面,岛屿一般成为城市的背景。港口的露台广场正搭建音乐演出的舞台,已有背着婴儿襁褓状登山包的人围坐在一旁等待。有人在玩以地面为棋盘的国际象棋,巨型棋子和抱着泳衣与充气玩具、兴奋地看着这一切的小艾一样高。

利群牵着小艾在热浪中穿行时想,被这种程度的太阳晒到皱眉的八成是游客,常年住这里的白人早就不戴墨镜了。她感觉自己已经和那些讨钱的黑人小孩一样具备辨识本地人的技巧。

在那之前,她接到妈妈打来的一个电话。

妈妈很久没有主动打电话来了。上一次是爸爸出车祸进医院,一周后,她打来诉苦说可能要不到赔款。撞人的是上门女婿,娘家人宁愿离婚也不肯帮女婿付半分钱医药费。妈妈没说几句就哭了,怪利群怎么跑到那么远的地方,不尽孝,如果真出了什么事,老爷子连外孙女都没抱过。

利群问大哥呢,有没有来帮忙照顾?小弟呢,有没有从上海回去探病?妈妈自顾自哭了一会儿,说你弟弟早就回老家工作了,当姐姐的怎么也不知道。

利群确实不知道。

"还好有你嫂子替我煲汤送去医院,不然我累倒了再占去一个床位,不知道还要花多少钱!"妈妈仿佛是故意这么说的。"如果是我病了,你总该回来看我吧?"

"快别瞎想了。"利群叫小艾来给外婆唱幼儿园里新教的《星星曲》。小艾对着电话咿咿呀呀地唱了起来,电话那头的啜泣逐渐轻了,传来一句:"艾艾,你想不想见外婆?"

小艾说外婆,我还会唱 moon song,月亮的歌。没等回答,便切歌唱了新的,声音如盛夏的新月一样洁净幽亮。

过了一会儿利群拿过电话:"小艾最近爱上唱歌,每周喜欢的事都不一样,小孩的精神世界比身体长得快。"

她有时羡慕小艾的童年,被爱包裹,远比她更丰富更自由。她想问妈妈,是不是每个母亲都羡慕过自己的女儿?又想想自己这个样子,怎么可能。

妈妈说大哥和小弟分别去肇事者家里讨医药费,对方耍赖似的拖着,大哥一气之下要把对方五岁的儿子拽回家养,那家人慌了,这才垫付一半。"要是你去,肯定起不到作用的,家里没得男人还是不行。"

最后一句利群就当没听到,问还需要多少钱,她和广志想办法凑出来。妈妈问那你们买房怎么办,利群说可以再攒。于是妈妈说了一个数。利群当晚和广志商量时发现,那笔钱几乎就是她决定不给家里寄钱以后,这些年"欠账"的总和。汇率越来越差,小艾出生,她和广志计划买房……利群还以为,这些令她拮据到无法再给家里提供支援的理由显而易见。没想到啊没想到。全家只有小弟是理解她的,对她说:"不要紧,这些年反倒是爸妈亏欠你,我和大哥都明白。"小弟啊小弟,利群心里最亲近的家人,从小性情温顺待人有礼,最终却和自己一样"叛逆",拒绝跟大哥卖鲍鱼,执意跑去上海做咖啡学徒。问他过得好吗,他总是一副喜乐自在的样子:"很好很好的!姐,你只管把自己照顾好,你那份钱我替你包给爸妈!"大概他包得并不够——想想也知道,一人打两份工手头不可能宽裕——所以妈妈隔了几年赶来提醒。

利群在电话里简单描述了表妹的行程,说他们已经请好私人导游去好望角、企鹅岛和桌山游览两日,今天小艾放假,去酒店找他们游泳。妈妈说广志以前不是做过一阵导游吗,怎么还花钱找别人。利群说导游是提前订好的,不能退。妈妈怪利群更早之前应该问清楚的,这趟行程势必要安排周到,场面要做足,不能让小姨笑话咱们。利群说小姨才不会。妈妈说那指不定还有别人在背后讨论呢。

电话的最后妈妈又问利群今年要不要回国。利群问,是指回去一趟还是什么意思。妈妈绕了会儿弯子最后才说实话:"你爸以前再怎样对待你,现在躺床上总要人照顾吧,他嘴硬不来跟你说,但心里觉得女儿肯定会管他。"

"家里不是还有嫂子?连小弟都回去了!"利群生气又好笑,为什么这时候才重视我?

"你嫂子再能干,也不是自家人,这哪里会一样啦。"妈妈理直气壮的语气,仿佛忘记自己也曾是利群决定离开这个家的原因之一,爸爸的帮凶。

"如果你回来,我们去年买的那个房子可以先给你住一阵嘛,反正你弟说他暂时不想结婚……"

利群想起不久前,问小弟返乡工作为何不通知她,小弟说的那句"不想让你觉得应该和我一样回来。你不要有压力,我很好"。

小弟啊小弟。

电话里的声音还在继续。"你想想,你爸他万一再也站不起来……"

海风把停在港口的船吹得微微晃动。那一刻,利群很想跃过那些船,游进晒得发白的海里。如果可以的话,永不上岸。

小宇从水花中探出身体,轻轻一跃坐上铺着花砖的泳池边缘,沿着身体往下淌的水流立即在身下形成一小片湿地。利群这才看清他的文身,是一只花色鲜明的鹤。并不像传统国画中素雅的仙鹤,更像是街头涂鸦会出现的烂漫形象。右肩浑圆的肌肉正好是鹤的头部,正中央缀着一颗沉着而高傲的眼睛;黄绿色的三角喙颀长有力,顺着大臂延伸出来;由深浅不一的灰和单色湖蓝勾勒的鹤颈和翅膀则在后背徐徐展开。利群认真看了一会儿,发现鹤的头无论正看还是反看都是合理的,不过倒看时鹤的眼神平添几分轻蔑。

此时,小艾与她的粉色火烈鸟游泳圈一起漂浮在露天泳池的正中央。小宇挥动手臂冲小艾喊:"来!快游到这里来！加油！"

小艾兴奋地拍打起水面，双脚在水下蹬来蹬去，原地旋转了半圈以后终于借到水的力量，颤巍巍地划了过来。她不顾呛水咯咯直笑。

他们已经这样玩了大半个小时，利群在岸上看着，包里的泳衣始终没有拿出来换上。表妹帮她和小艾点了橙汁，给自己要了一杯气泡酒，之后一直戴着墨镜躺在隔壁的躺椅上，偶尔下水趴在池边浮一会儿。与其说是游泳，不如说更像在泡澡，时不时让利群帮她拍几张照片。只有小宇和小艾一大一小称得上全副武装，泳帽泳镜都戴齐了。

"姐，你也下水游一会儿呗，我给你拍照。"表妹掀掉身上的浴巾站起来，挪动瘦长紧实的双腿走进池子，打算再一次浮在岸边。

"没事，我懒得换衣服，看你们玩就好。"利群说。实际上光线太刺眼了，她不想让自己不那么完美的身体暴露在豪华酒店顶层的露天泳池，虽然人并不多。她忘记不了那些难看、却早已和身体长在一起的纹路，坚固得仿佛刺青。刺青都还洗得掉。利群某一瞬间看着小宇想到，或许可以用文身遮住那些她格外在意的部位。但有谁会只在屁股和腰部刺青呢？刺青应该是态度、宣言，而并非掩埋。况且，小艾和广志也不会喜欢她这么做吧？

"这么说起来，好像确实初中以后就没见你游过泳啦。"表妹双手撑在岸边，用腿夹着水，身体上下沉浮着。"更小的时候，咱们还一起去过水库呢，对吧？"

"好像是，和林伟光。"林伟光是小弟的名字。

"对对，还有我妈，咱们互相扔那种充气的西瓜球，里面有个铃铛会响，忽然身边有几匹马就这么游过去了。"表妹若有所思，"那好像是我唯一一次见到马游泳，而且离那么近，我甚至觉得我摸到了它们脖子上的毛。"

利群记得那几匹马。深棕色的皮毛，下半身埋在水中，彼此紧紧地靠在一起形成方阵，匀速地从他们身边游过。露在水面上的眼睛沉静而无辜，对身旁面露惊讶的人类视若无睹。

"太奇怪了，那里为什么会有马？咱们靠海生活了那么久，什么时候见过马群？"

"我也没再见过。南非什么动物都有，就是马稀有。"利群说。

表妹上岸擦干身体，继续躺回椅子上的时候，利群还在想那几匹马。那时他们纷纷停下手里的动作，站在水里，沉默地注视这群镇静的入侵者游过。过了很久，小弟才忍不住叫起来，喂，我们刚才看到马游泳了！

这些年，她快把那几匹马忘了。经表妹这么一提醒，她才发现自己记得清清楚楚。小姨那时不到四十，脸尚年轻却被他们一致认为老了，但其实就是利群如今的年纪不是么。小弟瘦如毛竹的身形，后来竟然也去文了身。他发自拍给利群看，从左手腕到腋下有一条停跳的心电图一样静止的直线，利群心想怎么会有人文那个在身上？小弟说姐你想象一下，线这头在上海，另一头在南非。

屋顶起风了，利群找了条干的浴巾给表妹搭上。

表妹闭起眼睛，裹着浴巾像地上能捡起的那种能够吹响的细长叶子一样，松弛地躺着，声音愈加懒散。"姐，我想起有一年我上初一还是初二，跟几个同学去游泳，你也这么坐在边上看我们游。"

"唔，我是不是还去买了零食。"

"对。为什么不下水呢？我当时就在想这个。"

利群挪了挪身子，在表妹身边躺下，风热热的，吹在脸上很舒服，过了会儿很轻地说："因为那时太胖了吧。"

"哈？就因为这个？"

"嗯。"

表妹睁眼坐起来，露出无奈而不解的表情。顿了一会儿她说："这么说起来……小宇也和我说过类似的事，小时候因为身材感到自卑，不敢下水游泳。"

"是么？"

"不过他是因为太瘦，总被人笑话。男生脱得更干净嘛，只穿泳裤就下去了，他总是单独站在岸上的那个。"

"这倒是看不出来啊。"

不远处，小宇在给小艾演示如何跳水。姿势很专业，双臂夹在耳边，微蹲后起跳，身体形成半扇流动的弧形落入水中，再探出头换气时已逾越大半个泳池。利群想象不出他在人群中低垂着头的样子。

"他这个人吧，很内向，怕被笑话，但也挺狠的，当年他好像要证明什么一样，逼自己去报游泳队，结果呢？游超快的！搞得全校人都认识他！哦我俩也是那时候在校队认识的！"表妹语速变得很快，说着说着大笑起来，"你说他这个人是不是变态啦？是不是一点也看不出来？"

云迅速飘移，从遮阳伞这边淡出，转眼在另一边出现。利群盯着它们看了很久，闭上眼视野里仍然是白茫茫一片。想说什么，喉咙却卡住了。

"那你今天不下水也是因为……"表妹像突然想起什么。

"那倒不是,我快来例假了。"利群一口气喝完了面前的橙汁。

"噢我说呢——"表妹仿佛自在一些,补了一句,"我也没觉得你胖啊。"

帮小艾在酒店里洗了澡,利群说必须在天黑前搭巴士回到家,就不留下吃晚饭了。小艾挂在小宇身上不愿意走,双手死死抱住小宇的脖子,眼神坚毅且委屈。她确实很少和成年男性这么亲密玩耍过,广志总是陪不了她两小时。利群说不可以这样哦,硬是把小艾横过来托在自己腰间,小艾似乎被弄疼了,脸紧紧地埋在利群脖子后面,赌气再也不看任何人。小宇逗她,我们还要再待几天,还有机会玩。直到坐上巴士,晚霞从车窗外升起,利群才发现小艾泪眼汪汪的,明显刚才悄无声息地哭过了。利群不知道对她来说,如此不舍分开的究竟算朋友还是家人。柔声问她,晚饭想吃什么?她看看利群,下唇紧绷着,转而低头抠手,一路上再也不肯说话。

是什么时候发现小艾脾气不好的呢?

刚生小艾那一年，利群意识到自己可能有了产后抑郁。是逐渐确认的，身体像一台功能损坏的电器怎么都制造不了开心的情绪，睡前醒来都在哭，除了哭和失望很容易，剩余生活里的一切都无比艰难。她其实知道那些失望来自哪儿，也知道自己这些年拼命远离的正是使她沉重的源头，她成功游走了，但为什么新生活明明开启却还得这样，这样是指躺在床上蓬头垢面地哭。当然想过死，经常。像被人抛到孤岛上，想消失，觉得消失也无所谓。从小到大有谁在意她的存在呢？就连小弟，也有独属于自己的稳固生活，和她隔得那么远。而广志，他从来没有试图了解过她这份心情，在她告诉他心理医生的费用是每小时一千块时，他的表情仿佛告诉她，她真的没必要做这个咨询，甚至没必要得这个病。有天广志不在家（他大部分时候不在家，给她提供了哭的自由空间），利群抵着头坐在马桶圈上抽泣，觉得自己深陷在圆的中心，下沉，再也站不起来了。然而那时，卧室传来小艾更胜一筹的哭声。那声音干脆，响亮，不被任何意志压抑的酣畅。大概是饿了，等她不来便努力发声。利群听见这一嗓，登时像被人从身后拍醒，突然就有力气站起来，把马桶圈翻上去，摘下内衣给小艾喂奶。小艾紧紧抓住她像抓住命运中的全部，利群感到乳头被咬得阵阵刺痛，同时发觉自己正在被那种痛感打捞上岸。利群很确信自己是从那天开始变好的。她和小艾，分不清究竟是谁哺养谁，她们共同存活了下来。

那晚哄小艾睡着以后，利群命令自己出门跑步，后者听话地执行了。网上说对抗精神疾病性价比最高的方式是运动和冥想，她第一次想试试。夜里道路宽阔，群楼寂静，脚踩在无人收拾的落叶上咔吱作响。月亮涨得像家里圆形茶几那么大，太重了，以至于低低地垂在港口的船影后方，再也升不上去。除了街边游散的青年吹着意犹未尽的口哨，一切像幻觉。利群刻意绕开那些眼神生猛的年轻人，直到某次跑开很远，身后飘来一声——"嘿，你没必要这样！"那声音在街头震荡，她没回头也没有停下，却认真思考起来，是，既然连死都不怕，为何却想躲开危险。何况，究竟什么才是足以使人熄灭的危险。

从那以后，她径直从他们身边跑过时，什么都不再想。

开普敦的傍晚利群最喜欢，舒缓，柔顺，没有白天过分燥烈的攻击性，离夜里的危险尚有一段距离。她很愿意坐在傍晚的巴士里，和自己挨得很近。看色彩分明的矮楼和高耸有序的植物从窗外掠过，和小艾挨得很近。就这样一直开下去。

不知道是在露天泳池着了凉，还是后来去好望角拍照时遭遇大风，表妹病了。重感冒让她浑身无力，不得不取消最后两天所有行程。"玩累啦，好想回国哦。"她在电话里哑哑地对利群说。他们这趟行程十八天，相机里的素材回去足够整理一个月。

"回去要在床上躺一周，什么也不干，旅游局的广告都推掉好了！"

这就是表妹的生活，听起来让人放心。

表妹求利群带小宇在开普敦市区逛逛。"让他别一直在我眼前晃来晃去，我又不会因为感冒死掉！"

利群接下这个不算重的任务。她定了马来区、绿点球场、维多利亚港和街心花园一系列行程，发给小宇，没多久对方回：姐，你去过MOCCA当代艺术博物馆吗？

小宇说这个博物馆是一百年前的谷仓改建的，设计卓越，有趣的是对外宣称专注于非洲当代艺术，背后的出资人、设计师以及艺术总监却都是白人，还因此受过评论家的批评："请警惕它将成为西方博物馆的复制品。"——那封公开信里是这么说的，小宇说想去看看究竟是个什么地方。

利群从来没了解过这些,她的生活还没为艺术之类的东西腾出纳脚之地。但她欣然答应了这个请求。

她再次问广志要了车,但没问他能否一起去。出门前对小艾说,今天我们又要逃课喽,不过这是最后一次。小艾欢呼着从飘窗上站起来,扑进她怀里咯咯地笑着。她们就是这样互相满足的关系,一次又一次地,不知道能持续到什么时候。

小宇这次礼貌地坐在副驾驶,一路上他数次扭头假装要抢走小艾手里的小熊(今天是小艾自己挑的泰迪),小艾不知疲倦且无比投入地和他互动着。他们俩看上去都很享受这个分别前的假期,似乎没人想起这可能是最后一次见面。

天气非常好,云朵稀而高,把人间的一切都照出影子。错开上班高峰所以没遇到令人心烦的拥堵路况,利群扭开调频切到常听的中文台,今天放的是千玺年初台湾的芭乐情歌,简约直白的歌词令车里的氛围轻松愉快。于是她问小宇,听过江蕙的歌吗?

"谁?"小宇礼貌地放下手机,看着利群。

"一个台湾歌手,我以为咱们那边的孩子都听过。"

利群避开了投来的视线，盯着路前方。

小宇抱歉地笑笑："说老实话，上大学以后就很少回家啦。"那抱歉是真心实意的，没有掺假。

剩下的时间利群没再说话，但嘴角挂着微笑。她羡慕女儿能不费力气地和小宇用语言和肢体沟通，而她很想，却找不到什么合适的桥梁。

趁利群停车之余，小宇买好大家的票，单手抱着小艾等在博物馆正门入口处，在他们两人身后，仿佛来自另一个世界的混凝土建筑岿然耸立着。从展馆的地下一层到四层，利群全程跟着牵着小艾（准确说是被小艾牵着）的小宇，仿佛初进大观园。他们在一件件作者的私人心绪前停留，仔细观摩，随后转向下一件。很多作品利群尽力了却看不明白，她试图却无法进入作者的心。她发现小宇在一件影像装置前驻足许久，电视屏里一双男人的手把一块布朗尼蛋糕憎恨般地揉碎，摁扁，然后在报纸上重新将巧克力废墟捏成一个心形的褐色雕塑。全程十五分钟，小宇看了十五分钟。利群牵过小艾，把周围其他作品又浏览一遍，回来小宇还立在那。利群不好意思走，也不好意思问他们是不是可以去下一个房间了，她陪小宇一起立着，并低声叫小艾在身边安静地等一等。

她不知道自己为何这么小心翼翼，生怕打碎三个人之间令她珍惜的、如同被她摆在客厅书架中央那件精致装饰品一般的关系。是因为在小宇身上看到了小弟林伟光的影子吗？他们手臂上都有T恤衫遮不住的文身，分明得让人误以为清高的颧骨，瘦得让人想呵出提醒……

不止如此。

利群让自己停止想这些。

在二楼一间粉色房间里，小宇把刚用完的VR眼镜递给利群，让她看看里面的"时间"。利群至今英文算不上好，所以没太看懂作者自述的创作意图。她把厚实的塑胶眼镜套在头部，挤压着眼眶四周的塑胶仍然温热，紧紧吸附在皮肤上。人仿佛即刻钻入密闭的宇宙空间，一切在周围暗下来。她花了点力气才看清视线中迎面而来的文字和图形用怎样的规律变换着组合形态朝她移动，并不加停留地穿过她，好像她的身体是个能够承载和溶解万物般透明的存在。她第一次发现自己在VR世界里可以达到一种高度的宁静和放松，她专注地辨认那些移动的文字和图形，文字应该是一首或几首诗，歌颂历史、自然和爱的，而图形她无法破解。奇妙的体验。虽然她还是不明白作者制作这么个东西究竟想表达什么。人是可以被隔绝于庞杂的精神世界之外吗？其实是可以自由选择消失的吗？她是这么理解的，于是摇摇头摘下眼镜，她不喜欢做这种判断。

他们花了三小时才看完全部的展览。又在纪念品区逗留一会儿，小宇给表妹选礼物时露出少有的犹豫，他拿着镶满哑光珠片的草编手提包和一只底部有玉米须状烦琐装饰的斜挎小包询问利群意见，利群说都挺好——相当于没有意见，小宇只好将两样一并带去收银台结账。直到他们坐进七楼明亮的能够俯瞰全城的咖啡馆，一份淋满枫糖的莓果奶油松饼才重新换回小艾的笑容。小艾明显对刚刚过去的三小时大为不满，枯燥的成人世界，大人们一旦投入就把她完全忘了。但好在让她开心起来也很简单，孩子们就是这样，脸上如实挂着内心所想，一点也不打算隐藏。小宇一边帮小艾擦掉沾在嘴角的奶油一边道歉，问她接下来想去哪里，他都没意见。小艾睁着大眼睛似乎认真想了想，说"沙子"。

城市里不缺海的好处就是从市区开出去十分钟、二十分钟或半个小时，分别能遇到不同的海湾。海是利群想在此地规划下半生的理由之一，毕竟从这里开去好望角也不过一小时。他们开了二十多分钟来到少女湾，把车停在车主们主观认定的"停车区"——紧挨海边商贩的一片布满散沙的水泥空地，没有任何停车线却停满了奇形怪状的私家车，甚至在车与车毫无规律可言的间隙中还停着几辆破旧的摩托。打开车门的瞬间，就能听到只有那种挂在腰间的劣质随身音响才会发出的几乎听不出调调的音乐，从四面八方荡来。一个人的时候利群有时自己会开过来，不下车，坐在驾驶座上隔着玻璃看远处被形状像脚趾一样的十二门徒峰环绕的海。她担心一旦摇下车窗，美景就会被无数野生的眼神和纷至沓来的噪音破坏，所以从不那样做。今天她难得下车走在沙滩上。他们抱起小艾往更靠近海的沙滩深处走，小宇说前两天已经来过这了，不过再来还是觉得美。"生活在这样的城市里想必很幸福。"

利群笑笑没说话，她相信即使是轻易说出这番话的小宇心里也是明白的，幸福哪会是这么轻易的事。人只有把目光落在被判定为幸福的事物身上这么一丁点选择权。就像她此刻，看着小艾蹲在沙滩上手舞足蹈的背影，感受这片刻的幸福。

"其实想一想，这里不过就是地球脸上的一个毛孔吧？"小宇伸出有文身的右臂，在眼前划了道弧线，"一个坑,姐你懂我的意思吧?坑里填了水,就变成我们眼里美到让人惊叹的自然风光,人类真是积极的生物,是吧?"

面对哲学般的比喻和总结,利群感到自己的语言简陋、庸俗、黯淡无光。她只能望着正在那片海上冲浪的、浮游的,在岸边嬉戏打闹的、为各自不同欲望寻找可乘之机的一撮撮人影,点点头。

在日光越来越稀薄的时候,利群执意载小宇游览她之前定好的景点。她像曾经当过私人导游的广志那样逐一对漆成五颜六色的马来区、办过世界杯的绿点球场、维多利亚港和街心花园进行详细的讲解,如同当年广志耐心向她讲解的那样。她要一边辨路开车,找出最佳停车观赏点,一边绞尽脑汁地搜刮语言,说得口干舌燥。她这才发现,当导游赚钱完全不是份轻松活儿,广志竟做过两年。

小宇听得很认真,完全没发现有人刻意绕了远路。"姐,你还挺懂的。"利群在"不知不觉"中开了两百多公里,油还剩不到三分之一。小艾应该是累了,在后座熟睡。利群意识到自己成功地将这一天拉得很长,像一场久违的尽兴的旅行,直到小宇说表妹让他买点治头痛感冒的药回去,她才发现自己根本忘记询问表妹的病情,也没问小宇是否想早点回去照顾。天已经全黑了。他们就近找到一家还开着的小药房,利群停车熄火,让小宇下车买药。街边酒馆外零散地坐着几个白人在喝酒,更多店已经打烊了,灯灭着。

她和广志有多久没这样坐在街边喝酒了?利群思索着,点开手机看到广志两个小时前发给她的微信。

"玩得怎么样?需不需要我请妹妹和妹夫吃个饭?"
"艾艾困了,马上回去了。"利群回。

立即收到回复:"蹭了店里的咖喱带回家,吃好洗个澡,嘿嘿。"还发了个表情。

利群按掉手机,闭上眼。她枕着座椅靠背,一点也不焦灼地等待着,像中学时爸妈安排她去接刚上一年级的小弟放学,等候在校门口的那些下午。

车窗被敲响。是小宇回来问她能不能帮忙判断一下哪些药比较靠谱,最好是没有副作用。利群扭头看了一眼睡得正香的小艾,安全椅的绷带绑紧了,没有脱落。小艾歪到一边的脖子靠在小宇的双肩包上。"艾艾?"利群轻唤了一声,她没醒。利群放心地下车,陪小宇钻进药房。

柜台里站着的一男一女,看起来二十多岁——利群怀疑他们是没有医师执照的兼职，因为他们给小宇推荐了至少八种感冒药。利群选了其中一个她吃过的品牌，又指着货架上的欧版布洛芬简短地说，要这个。她常年出入医院，对本地药还是具备基本的了解。她嘱咐小宇这个头太疼的话吃一粒就够了，大概是笃定的语气让两位"兼职"产生了判断，他们不再做更多推销，这地方人人都是察言观色的天才。小宇又说表妹心脏不大好，感冒严重时会受牵连，有没有什么能让心脏舒服一点的药。家族遗传，利群想。她挑了一个含微量单硝酸异山梨酯的颗粒状的药，说吃这个就行，早晚两次，效果类似中药里的理气养心丸。小宇如释重负，买单的时候连说两遍"多亏你帮我，姐"。利群嘴上说这算什么，我也是她姐啊，心里却为自己此时能派上用场而高兴。

不过她的高兴很快在走出药房那一刻戛然而止。

看到眼前的一幕，利群头脑还没发生反应，心脏已经开始咚咚狂跳。就在街边，她的车被围了起来。

她曾在停车场、海边、夜跑时遇到过的那些黑乎乎的人影，把她娇小的大众四座车围在当中。

她很难忘记那个画面，路灯下银灰色的车漆闪着微乎其微的幽光，地上投着无数被拉长变了形的、与人影数量相等的黑色影子。他们有些在敲打车窗，有些把脸贴在玻璃上往里看，有些绕着车来回巡视，互相吹着口哨、谈论着什么。他们发现走近的利群和小宇时，扭过头眼神里是无所顾忌的生猛，没有丝毫惊慌、羞愧和恐惧——此时它们挂在利群和小宇的脸上。

利群的心快要跳出来了。小艾还在车里，她想起刚才确认过安全座椅的绷带，绑紧了。她醒了吗？她一定醒了。

"你们想对我的车做什么？"利群有些颤抖地说出这句话，差点连自己都没听见。刚才在药房的淡定无法再顺利施展。有几个人笑了，其中一个看着他们，不知是挑衅还是发泄地朝车身踢了一脚。利群的心随即抖了一下，仿佛听见小艾在车里尖叫。她忍不住扯开嗓子对黑影喊："离我的小孩远一点！听见没有？离我的孩子远点！"

她的声嘶力竭奏效了。黑影们互换眼神，重新聚拢在一起，慢悠悠地成群离开了，像什么也没发生过一样。利群冲过去拉车门，手软，三次才将门把手拽开。她无法忘记打开车门后看到的小艾的眼神，那对黑褐色的眼睛里充满惊惧、怨怼和无助的眼泪，直到看到利群的瞬间才终于跌落，伴随着令人心惊的泄洪般的痛哭。她刚刚一直在忍耐。

利群想象小艾刚才在睡梦中被吵醒,发现窗外数双黑洞洞的来自丛林般的陌生眼睛正盯着她,发出进攻的低吼,与此同时,妈妈不知去向,车里只剩她一个。太可怕了。她被抛弃了,她当时一定这么想了。但她还是忍住没哭,像妈妈平时教她的那样,如果跌倒受伤先忍着不要哭,因为没什么大不了的。利群抱起小艾,揉搓着她的头发不断道歉,内疚和悔恨的情绪一波波在胸口剧烈地震荡着,向上翻涌着。小宇只能旁观着这对失控的母女,什么也做不了。"怪我不该把包放在后座,那么扎眼的地方,怪我……"他重复着,手无力地低垂着。是的,他无法体会利群此时的心情,更无法想象她们两人的关系。他怎么可能明白利群是因为小艾才努力撑到今天的,他怎么能明白,正是出于私心想和他这样一个没见过几面(注定是开普敦的过客,竟然还是妹妹的男友!)的男人多待一会儿,一个女人不顾天色故意绕了远路。一个母亲把女儿独自置于危险之中。

想到这里,利群痛苦得想呕吐。

她不知道自己是如何开回家的,当小宇在酒店楼下问她们是否要上去看看表妹,毕竟明天一早他们就要去机场了，利群忘记自己说了什么，却清晰记得小艾在安全椅上坚定地摇头，一言不发。她迫切地把车开到马路上，朝家的方向加速。此刻，她既想迅速逃离这一切，又想和面色凝重的女儿紧紧搂在一起。她不知道，这种常常出现的矛盾心情还要在接下来的人生中与她相伴多久，正如不知道究竟如何选择才最接近正确。

她今早应该出这趟门吗？还是应该照常把小艾送去幼儿园？即便那样小艾会用另一种方式跟她生气。

她当初应该离开家吗？如今又是否应该回去？回到年迈的父母身边，做子女应该做的那些，忽略当初他们对她做过什么。

她本想跑得远远的，过属于自己的全新生活——这里已经远得不能再远了吧？广志和他那个酒后对妻女施暴的父亲相比已经做得足够好，而她成为比妈妈更称职的母亲了吗？还是说，她也一样在无知觉中把痛苦推向了自己的女儿？

直到回家看到穿着T恤衫躺在沙发上，面前搁着半份深棕色咖喱的广志，这些疑问还没能从利群脑中消散，且像持续的浪潮一样将她推向窒息的境地，在那片无人之境，她永远失去了小艾和广志。

去跑步。利群在海浪的痛击中想。

当毫不知情的广志弯着身子抱起小艾，试图亲她的时候，小艾扭头躲掉了。

"怎么啦，嫌弃爸爸？爸爸刚洗过澡，不像艾艾是臭的哟。"广志贴在小艾头皮上用力闻了闻，然后皱起眉头，假装要扇走面前的空气。

"艾艾是臭的哈哈！"他大笑着说完这句，发现大颗的眼泪从小艾眼里滚落，小艾放声大哭。他一下慌了，把女儿拥入怀里。"哎哟爸爸不是故意的，艾艾不臭爸爸臭，爸爸臭。"赶忙用求助的眼神看向利群，意思是她怎么啦？我怎么办？

他是真的毫不知情。这个男人常常展露出来的置身事外和无辜都是真心的，他无法理解的那部分利群与小艾的内心世界，一直以来，他乐于与之共存。用真诚但笨拙，并不那么优雅的方式。

实际上他并没有做错什么。

不仅如此，利群胀着眼睛换上运动衫他也丝毫没有察觉，一边帮小艾擦泪一边对利群说："妹妹明天走啦？看看我，到最后也没请他们吃过一餐饭，要不明早我送他们去机场吧？"

他抽纸巾给小艾擦眼泪的时候，抬手弄翻了茶几上的半碗咖喱。

棕色的咖喱汁在地上缓慢地流动，一些固体碎开，露出里面白色的鱼肉。

他跪在地上收拾那些咖喱汁的时候，把地板上污渍的面积抹得更大了。

他试图用手抓起那些碎肉的时候，一些咖喱汁从他指缝中漏出掉在沙发罩上。

他用纸巾去擦沙发罩的时候，又把油污蹭在了小艾衣服上。

小艾哭得更大声了。她的哭声和印度咖喱的味道占满了这间只有十三平方米的客厅。

利群走进卧室脱掉运动衫，换上睡衣。一直以来，她只穿那种松垮的翻领格子睡衣，L码。穿睡衣的她像个男孩。夜深了，她走回客厅，走到那对在沙发上拥抱的父女面前，屈膝跪下，与他们和他们身上辛辣的咖喱味紧紧抱在一起。

# 像行星无法停留

1

十二楼病区在晚间放饭前安静得不像人间。家属三三两两挤在床尾,几扇窗敞开,风缕缕地溜进来,没有制造声音的胆量。病人斜躺着望向窗外,猜不出是看天还是看楼——天灰漆漆而楼宇挺拔,仍有蹿高的趋势。在北京这属于再标配不过的景观,他们却看得努力、持久、沉默,病服上的条纹随呼吸柔缓流动,微弱地翻腾。

几乎没有对话。这和我预想的不大相同,北京人不是即使在医院也照样嗑瓜子摇蒲扇侃大山吗?哪像眼前这些只顾低头削水果的家属,刀工娴熟,安静得近乎肃穆。可能我胡同电影看多了，忘记来之前，朋友反复交代这家医院全国多少病患挤破头也难住进来，托几层关系她才帮我搞到一个加急床位。都是刚做完手术和等着被推进手术间的病号，气氛愉快得起来吗？能余口气掩饰紧张就不错了。

周叔叔是例外，"视察"完一圈回到1202，他还塞着耳机看《人民的名义》。"我这已经第二遍了！是真好看！"他时不时摘下耳机饶有兴致地评价两句，试图跟隔壁床老陈，也就是我爸，产生一些病情以外的交流。刚一起住两天，已经像对待老街坊似的，北京人的热乎劲儿老陈明显不太适应。他没看过这部大热剧，被周叔叔形容得再"带劲儿"也不打算看。猜得到，哪怕躺在医院他也还揣着以前在机关当领导的骄傲，放不下。当年每天亲自演低配版官僚剧，好不容易退休了还要重温过去？可算了吧。没像从前一样把这骄傲劲儿在人前表演出来，已让我松口气。可能因为这是在北京，他那股来自三线城市的高傲有点水土不服，没太敢发挥出来？也可能这次生病受到打击，他突然之间省略掉许多表情。原本饱满灵动的眼珠明显懈怠，像请了个长假，把眼皮当棉被随便一裹，没做开工的打算。

印象里他不是这样的。打电话让我来北京的时候声音也挺冷静,和平时没太大差别。但刚才远远一见面,这个从前孤傲、强势、决绝,像画像里看不见背影的男人,瞬间缩起脖子捂着嘴,哭得像个小老太太——我这才意识到,人绝望时会不自觉丢失性别。后来他扭过身子羞于让人看见,但声音大概已经穿透病房,渗进隔壁手术室去了。

包没放下就遇见这一幕,我肢体有些僵硬,感到无所适从。等阵雨停一样等他哭完,才迟钝地抛出安慰:"哎呀……好了,好了。"本想再添一句"我来了",觉得过于煽情,下意识咽了回去。

毕业后去上海工作,每年春节回家一次,这次突发状况算是今年第二次见到老陈。花了五分钟观察,半年不到他消瘦很多,没到夏季脸上已经晒得黑黄。以前脸颊上的斑就是这么成群结队的吗?我有点恍惚,不大有印象了。头发倒是习惯性染黑了,帮他在网上买过几次进口的染发剂,不知道用完没有。应该连眉毛一并染染的,有几撮白得扎眼。本想像小时候在他鼓起的硬邦邦的肚子上拍两下——类似在卡车上挑西瓜那样——拉近彼此的距离,但手伸出来发现曾被我嘲笑的将军肚已经塌陷，两人之间开阔得像旷野。只好落手改为轻轻一抚。

余光里身侧有视线投过来，扭头，和一个戴金属眼镜的男生视线正好对上。他倚着墙，射来的眼神像在观赏舞台剧。胸前挂着一台相机，手指放在快门上，好像随时要按下去。我应该没抑制住自己脸上复杂的神情，这是我第一次看见有兴致在医院里拍照的人，在毫无预警地第一次看到自己老爸大哭之后。医院能随便拍照吗？他刚才拍了吗？我没问出口，只是哀怨而困惑地看着他。可能是担心我冲过去把相机砸了，也可能是出于怜悯，男生最终没有举起相机，站着看了一会儿挪步出去了。

后来有几个晚上，在医院门口帮各自父亲买夜宵，聊起天来我有点惋惜："当时你真应该照下来，我很想看看自己那时候的表情。"

"很好形容啊，就俩字儿，超凶。"周卓然说。

我翻白眼："不是指瞪你的眼神好吗？"

那时看到眼前的男人，老陈，我爸，周身被一股从没见过的颓唐包裹，我感到前所未有的心酸。旧时直挺挺、睥睨众生般的眼神不怒自威，如今被一种低迷忐忑、不知要看向哪里的茫然取而代之。这巨大的变化仅仅是因为对疾病和即将到来的手术感到恐惧吗？我很疑惑。

记得多年前他宣告离婚，年幼的我从一片狼藉中站起来说要跟母亲走，他眼里也没出现过片刻的黯淡和犹疑。如今那威严如行星陨落，令我感到震惊和难以消化。

"我可能很快就会忘了那感觉，真的，你应该照下来。"我又重复了一遍，"后来你去干吗了？"

"去找我爸啊。"周卓然用拎着塑料袋的肩膀顶开餐馆玻璃门，"让他再溜达一圈儿，别进来打扰你们。"

挂着绳子的相机在他胸前荡来荡去，我跟在他身后一头钻进北京的夜色里。

2

"大便没有？"护士又来问。

每天早晨送药时问一次，中午送药时再问一次。

"大了。"老陈乖乖回答，像一条拴着隐形锁链的大型犬。我歪着头想，当年他要是能如此温顺地回应妻子的一系列发问，他们后来也不至于走到无路可走啊。

女护士看着比我年轻不了几岁，得到满意的回答后脸上有种完成任务的松懈，照例交代："一会儿别吃太多，七分饱。"

"好,好。"老陈嘴上听话,但不多久就把我推出去买加餐。一直以来过的是十二分饱的日子,肚里塞满还能再喝点小酒,忽然锐减到每顿只有一勺荤让他极难适应,不到八点就饿了。"偷偷地别让护士看见!不然饿得胃酸啊,呼吸也跟着不太通畅了。"为了多吃一口碳水化合物,他倒什么话都说得出来。

周叔叔作为糖尿病患待遇更惨烈,饭是医院配好的,唯一的荤菜也无法选择,据说有时还是假荤,但凡打开饭盒发现是蒸蛋水煮蛋或蛋花汤,他一天都要生闷气,晚半个小时吃药,晚一个小时大便,晚两个小时才报给护士。虽然他也知道这样的抗议并没半点用,还是顽强坚持了一阵,算是他为1202病房定制的基本生存法则吧。卓然从不给他买夜宵,谨遵医嘱,但自从我们搬进来每天加餐,周叔叔也略有些胆敢"造反"了:"怎么人家有炒拉面,我就只有清炒木耳?"卓然说这都是被我给惯的,他也跟着遭殃,怪罪完我便扭头告诫他爸:少说废话吧您就!

手术安排在下周二,我得在这里待上一周,还好带着电脑,下午老陈睡了还能溜出去找个咖啡馆电话会议。

让原本跟来办住院手续的三叔先回了，伺候老陈显然不是什么轻松的活儿，还是交给年轻人干吧。三叔陪了几天已经开始抱怨酒店睡得不舒服，医院不能抽烟，老陈屁事儿太多还总埋汰自己。从他气呼呼的样子就能猜到，老陈肯定是使唤人的同时还管不住嘴，没少数落三叔的儿子不成器。有些底色是大病一场也覆盖不了的，刻薄、任性、怕死……都被老陈维持得很好。好在我来以后，他精神状态已明显好转，脸上不再有随时预备痛哭的委屈。也恢复了些领导架势，穿着松垮的病号服在房间里来回踱步，削个桃子吃剩一半扔在桌上，隔一会儿又歪七扭八地削苹果，啃完半个塞到我手里："别人家都是探病的削苹果，你不帮我削还不帮我把尾收了？"

我只好接过苹果啃起来，这么多年我还没怎么吃过他吃剩下的东西。想到那些倚在床边的家属，确实像天生擅长削带皮水果，拿起刀一脸庄严和专业，像给汽车模型拧最后一颗螺丝。削出一个完美的不断皮的苹果，和病人最终能否痊愈，仿佛有特殊关联。

看到老陈有精力开始对窗外北京城的建筑进行评点，我感到宽慰。对于像轻易被折断的树枝一样脆弱的父亲，我真是一点也不愿面对，更拙于应对。从小没和他亲近过，有过也几乎忘光了。这位特殊病人，我没办法像关怀任何一个朋友那样拥抱他，也没办法像对待任何一任男友那样说贴心的话抚慰他。无法柔软地靠近对方，在他和三叔撕双面胶般惨烈的兄弟模式中早已得到验证，延续到我身上更像是某种遗传。我猜，这么多年老陈自己应该也习惯了吧？

赶来北京陪他不在计划内，却禁不住母亲几次电话催促还是来了——以为离婚之后他们早就各过各的了，没想到母亲比我更替他操心。旧习难改吧？这么多年帮他料理起居，像三十年给同一株树苗施肥的园丁，就算辞职了也仍然关心它今年长新叶了没，打虫了没，这个冬天太冷能不能熬得过去。老陈倒是安心当一株长了三十年还未成年的树，第一时间打电话给前妻商量病情，如同这些年总是断断续续委托她办理银行卡、保险，以及那些乱七八糟他不擅长操作的其他手续那样，有好事时不见踪影，有解决不了的麻烦才冒出来求助。他的自私几乎和母亲的宽容呈两个极端，多年来撕揉并济着这个家，直到彼此像黏土彻底风干，断裂成失去弹性和力度的碎石。

对他不是没有过恨意，但也就和那些爱意一样无数次如流水从心里淌过，历经湍急最终纳入平静。生活里有更多人事占据进来，往事便如过时的床品被压在箱底。想起在网上见过谁写的诗："北方有风，有雪，没吹平的东西，抹平。"

都得抹平。

3

和周卓然是每晚例行买夜宵熟起来的。街对面的春风包子铺打烊早，我们常常只能绕到旁边的川菜馆去。可能因为开在医院门口，川菜馆其实没几道正经川菜，都改良成清淡量足的北方小炒，老陈爱吃这里的西红柿鸡蛋炒刀削，周叔叔只能吃其中几样小菜。

一开始是找话题聊，毕竟稍有几岁代沟，卓然比我估计的还要年长几岁——倒是看不太出来。后来发现他比想象中健谈，和印象里的北京人相差不大，说话直接不绕弯子，日常语言里有不刻意修饰的幽默和一股"没什么大不了"的劲儿，话题开个口子总能延绵不绝地聊下去。可能话说得多人也显得年轻吧？不像我，除了谈客户，剩余时候能憋就憋着，时间久了表情也趋于淡漠。

这几年没怎么跟工作以外的人建立关系。刚来上海还有几个大学同学联系着，后来各自奋斗，各自恋爱，联络感情的精力所剩无几，也就散了。关系铁的几个朋友是第一份工作认识的，历久弥坚到现在。后来跳槽，升职，认识的人越来越多，微信好友快两千个，忙累之余也懒得再认识新朋友。聊天多累啊，笔友网友久远得像上个世纪的事（也确实如此），最后称得上朋友的，两只手数得过来。托关系帮我找床位的那肯定算一个。

"你爸身体挺好？看起来像头一次住院。"卓然问我。通常走回医院门口，我会等他抽完两根烟再进去。

"算是吧。"我认真想了想，"我妈说他从前只看过牙医，割过麦粒肿。"

"我妈做大手术他也只来送过两次汤。"我又补充。不知道卓然怎么想的，反正我是没想到会在北京某个叫不上来的地方，在酒店、餐馆和医院之间来来回回的路上，跟一个和自己原本生活毫不搭界的人，说那么多话。那次手术母亲摘掉胸前被结核病菌感染的三根肋骨，整个人松懈得像没水可灌的热水袋，软塌塌地躺在床上。我上完舞蹈课被姨妈骑车载去医院，站在病床前，看姨妈用勺子蘸了水在母亲唇边轻点，并不让她喝。心里疑惑，为什么不让我妈喝水？以及，我爸去哪儿了？

我还想补充点什么，噎住了。医院对我和老陈来说，都太陌生了。

"你啊，别太逞强。"周卓然拍拍我，"上次你帮我爸打饭，我就说了句'糖尿病人的饭是另发的，你不知道怎么打'，你就跟受了侮辱一样，记得么？"

不等我回答，他尖起嗓子开始模仿我："'你怎么知道我不会打？！'哎！就这个口气，你真是刺儿球一样！戳不得。"

我有点惊讶，其实连我自己都没发现，我不喜欢承认自己不行。可能工作这么多年，惯性使然不相信有什么事能难倒自己。手下两个团队从最初搭建到现在六七十号人，占据公司最核心的几个部门，年会和老板同桌吃饭，顺便汇报工作，领取盛赞，藐视敌手，都觉得当初选择离开这个家，去上海奋斗是对的。看团队一天天壮大，有了幼时给白兔喂草，给兰花浇水时等待收获的心情。虽然职场攀升之路崎岖，一路走来还算有些运气，付出十分努力至少收到八分回报。第二份工作的第四年，整个大市场部就全归我说了算，部门里私下讨论明年分期权基本上是板上钉钉的事。来北京之前我想，医院，不就是另一个战场吗？尽管之前毫无经验，又能有多难呢？

周卓然穿着没有 logo 的套头帽衫，和差一厘米就遮住膝盖的肥大短裤在路灯下斜视我，头发如鸟巢一样蓬松。"第一天看你穿得跟出来谈项目似的，现在，也打回原形了呗？"仍旧是取笑的口吻，发生在我身上的一切好像对他来说都轻微如针，我郑重其事的处理方式在他眼里也显得格外滑稽。

我盯着脚上的运动鞋，音量弱下去："公司里那些衣服……在医院穿好像不太方便。"原本预设和老陈单独相处比谈华中地区大客户更需要心理建设，高跟鞋都没敢脱。结果，陪护没两天就不得不把运动套装换上了。

"所以说逞什么强呢？在医院这种地方，得学会认输。"周卓然幸灾乐祸地施教。

"你好烦啊！"我拍了他一巴掌。其实是我自己心烦，还被人看出来了。他的话让我觉得自己在他眼里就像一块冻硬的牛皮软糖，好笑之余还有一丝可怜。

"放松点啊朋友！这种地儿，头回生，二回就熟了。"卓然不以为然地把烟头踩灭，说，"进去吧。"

4

北京说大挺大，每次来都是出公差，在某个酒店开完会再奔到某个大楼里开会，开完就走。路上堵一会儿，一天就过完了。不夸张地说我几乎没见过北京长什么样。再小的时候，老陈去北京旅游给我带回一件拼色皮夹克，想想那是自己唯一和首都沾点缘分的东西，穿去学校炫耀了好几天。那时老陈已经不坐飞机了，他六十岁前唯一一次飞去桂林，回程误机，重买了隔天票，第二天新闻里说那趟他没赶上的飞机撞山失事，吓得他立即改乘火车回家，从此再也没坐过飞机。去年跟团去新马泰才算第一次出国。心脏的事那次他其实或多或少也提到了："几十年没坐飞机了，突然坐，也不知道咋回事儿，喝了点冰饮料呗？胸闷得喘不过气，就想下来。"

"飞机上你也下不来啊。"我眼看快把盆里羊肉馅的饺子挑没了，根本没管这羊肉馅饺子其实是母亲专门给老陈包的，茴香才是我的。春节因为我回来，母亲特地来家里做了几餐饭。他们各自都没再找别人，三个人偶尔还能聚聚。母亲有时候还挺怪的吧，来也是她要来的，但到饭桌上就不怎么说话了，都是老陈一直找话题聊。

"后来呢?"放下筷子我问。

老陈自己先笑了:"后来我叫了个空姐来,我说,我知道你们这窗户不能开,那请问你们飞机……能为我调头吗?"

"果然!"我把头摇得像听到一个荒诞的小组提案。这么多年了他还是这样!小时候去公园坐海盗船,说好了陪我一起,船一开他就大喊停停停心里不舒服,自己跳下来留我一个人坐在那儿。我脸皮比他薄多了,在其他小朋友投来的鄙视目光中如坐针毡一整个回合,记恨到现在。

"你真是土到东南亚去了!"对他我无法节制语言上的刻薄。

后来也是有点懊恼,当时怎么就没把重点放在他的心脏上呢?如果那会儿留意催他去医院,这病或许能早点查出来,不至于他疼到受不了才去体检,查出来大小一连串的病,吓得非要千里迢迢进京看病。


路上卓然拍拍我的肩膀:"别紧张。"

其实这话他不止一次说了,我没承认过。但今天有点不好意思地苦笑一声,回他:"真有点紧张。"

可能被白天那个沟通能力差劲的医生影响的,反正老陈当时是吓坏了。一个戴着眼镜、发根油腻、年纪明显比我小很多的男医生,饭后拿来术前合约让家属签字,背答案一样进行所谓的"术前谈话"。只听他毫无感情地复述:"手术有很大概率出现事故的,这个你们清楚的噢?""麻醉也是可能出现意外的噢。""术后也是有疾病复发、病症如故的可能噢。"我根本没机会插嘴。

老陈顿时就结巴了:"你们,你们不是,不是大医院吗?"

"大医院也不保证没有手术事故的噢。"眼镜男根本没管老陈在担心什么,不知道还以为他在推销保险。

"那,那你们出事概率,应该是全国最低的啊?"

"这个数值我们也没算过,就算我们是心血管专科医院,医生也不能保证不失误一次,你说对吧?"

我已经能猜到老陈此时的心率,赶紧让他躺下。

在那个傻帽医生说出"病人爱人怎么没来?术前最好一家三口见一面"的时候,周叔叔突然把耳机摘了,声音脆且响地说:"切!小陈,你别听他的,没事儿!这就正规流程,卓然都帮我签了好几回了,一点事儿没有!"又扭过头安慰老陈,"你啊别担心,这全中国最好的医院了,手术基本没不成功的,你进来那天我刚做完造影,虽然支架没放成,那好歹也是个手术,我不是跟没事儿人一样的?"

最后他指着眼镜男说:"这合同工,不行。"

眼镜男正要辩解"我不是……",我赶紧把他的话断了:"行了行了,签好就拿走吧你。"怕老陈急,我一直忍着没翻脸。又转念一想,不对啊?

"没放支架的话,周叔叔您怎么还没出院呢?"

照卓然说的,他们已经住院第三周了。

周叔叔笑眯眯地拿枕头往颈后垫着,不紧不慢地说:"我这吧,放支架已经不够了,他们这几天正开会商量我能不能做搭桥呢。"


"别紧张,"我回过神来,周卓然再次在耳边说,"紧张也没用。"


5

"你们是怎么做到的?"地铁上我抛出疑问。

老陈明天手术,说周叔叔总喊他家门前的卤煮张好,他也想尝一碗。卓然只好带我去买。"内脏老年人吃了不好,容易血脂稠。"他提醒,我倒并不怎么在意。"明天手术了就,管他稠不稠的,先开心了再说。"

"他心里肯定吓得够呛。"我又问了一遍,"不过你们是怎么做到的?"

"啊?你说我和我爸啊?"

"对啊,那种热闹劲儿,教教我。"在病房看周氏父子闲聊一样斗嘴,我常能听愣,听出神,被一种从未感受过的生动击中,忘记老陈在背后正唠叨什么。再爱攀比此时也觉得输了,家和家,关系和关系,真没得比。

周卓然拽着车厢里的拉环,身体随之晃来晃去,像老年人在公园里做的那种运动。"我们就再自然不过的搭伙过日子呗。"语气轻描淡写。"父子么,一起看看球就跟兄弟一样了,这有什么难的?你爸难道还虐待你不成?"

"……打都没打过我。"我坦言。不仅没打过,见到母亲打我必定会拦下。母亲对老陈软弱,对我却严厉。更多时候老陈没有现身救我,我空等一场还是挨了揍。小时候住校,周末回家常常看不到他身影,他并不忙,但似乎没空回家。高中有次兴起送我上学,出了家门不知道让司机往哪个学校开,我生气下车回家拖出单车骑到学校，一天没心思听讲，晚上念念不忘和母亲哭诉，而他却并没有放在心上。"不记得了而已嘛，你们女人不要小题大做啊。"

这种失落感在我成年后的恋爱中也常出现，那些贪玩的男生对我算得上不错，但也并没有爱得很彻底。你问他到底有多爱你，总有合适的答案，却不能使我完全信服。后来我渐渐放弃抱怨，跟人讲起"我爸吧，没凶过我"，甚至称得上温柔，但好像也并没有那么在意我。"我和他不太熟。"

"沟通啊沟通……"周卓然露出一副不能理解的表情，"你跟我才认识多长时间就说这么多话，跟你爸呢？"

我摇摇头，哪有说的这么容易。何况我认为和周卓然这种突然间的亲密，属于特殊时期特殊处理。说点自私的，我现在能抓的稻草只有这个同病相怜的病人家属了，至于离开医院之后的事……谁知道呢？

"你有兄弟姐妹么？"

"有个同父异母的姐姐。"

"嚄，独生子表示羡慕。他俩感情好吗？"

"很难形容。"我再次摇头，感觉和姐姐相比，自己倒像捡了彩蛋般幸运了。八岁第一次见到姐姐和她妈妈，老陈在饭桌上当着所有人的面和前妻吵到失控，一句话也没说的母亲把我和姐姐拉到外面。我们什么也没做，只是站着看对面的楼。成年后我见过很多次这样失语的楼，但好奇心已逐渐远离我，没再探寻老陈这段过去。也没问过姐姐，十七岁才第一次见到老爸是种什么样的体验。

姐姐在家住过一段时间，老陈总给她上思想政治课，没夸过一句。有次偷看姐姐的日记，还质问她都乱写些什么乱七八糟的。那几年，老陈充当着家里的乌云制造机。我也替姐姐感到过委屈，但委屈隔不了夜，相比自己的青春，别人的事始终是别人的事，我也是后来回想从前才发觉自己原来这么自私，几乎没有真正关心过除了自己以外的任何人，这点和老陈如此相似。家里出现的窟窿大小不一，绵延且无规律可循，我好像从没试图去补救过，以为绕开那些窟窿同样能抵达终点。

或许我选择原谅老陈的自私，只是为原谅自己做铺垫。

"挺巧，我也离过婚呢。"车窗上映出周卓然平静的脸，他转过身很认真地对我说，"但我以后肯定会和我的小孩相处得很好，至少不会搞得像你们这样。"

又是"这没什么大不了"的表情。但我简直不知道更应该对他哪句话表示惊讶。

"巧个屁啊!"说出来我就后悔了,意识到相比自己,卓然不就是那种擅长补窟窿的人吗?填好土,踏实地踩出一条平整的路,使之看起来像从没有塌陷、断裂过。我们还真是完全不同的人。

卓然没搭腔,显然并不在意我的讶异和莽撞,凑近我的脸举起相机,迅速按下快门。

路过快印店,他顺便把胶卷送去冲扫。就像他说的,拍照超过十年了,还用着胶卷相机,与其说是坚持不如说是习惯了,上了点年纪很多习惯都懒得改。他在医院拍任何一个人都显得稀疏平常,病友们没有抗拒,任他拍,周叔叔甚至磨炼出镜头感。"有时候有点尴尬你不觉得吗?"我试探性地问,我指的是拍医院、拍病号、拍自己老爸……我不习惯尝试任何有可能被人认为是出格的行为。卓然报以同情的眼光:"陈小姐你太夸张了,轻松点不好吗?"

我在大学当过一阵文艺青年,赶流行玩过几台相机,后来和很多凑热闹的爱好——吉他啊画画啊之类的——只能称之为"玩儿过",最终一并放弃了。想想这些年唯一坚持的事,大概是从不使用完任何一支口红,因为新色号总在路上。卓然想说的应该是"陈小姐你太可怜了"吧,我错失的何止是放弃的那些。

6

手术前一晚老陈紧张到拉肚子,也可能是卤煮的功效,刚回酒店就接到朋友电话:"你知道你爸竟然在病房抽烟吗?他怎么胆子这么大,以为医院不知道吗?!"

我都气笑了,老陈竟然也有胆子大的时候。

"熟人那儿我估计得再多塞个红包了,能不能给我省点心啊姐姐!"朋友听起来是真着急,我赶紧说好好,马上去思想教育一下。

我没再质问老陈怎么回事,想想他竟然怕到面子也顾不上,不得不承认自己心肠再硬也有点心疼。一夜浅睡。第二天一早赶到医院,手术时间还没定,连个大致范围也没给。第一次见到这种无规律的操作,只能等。卓然之前教导过,在医院做得最多的,也将会是最有成就感的事,就是等待。他已经习惯了,预言我也会习惯。七点半十二楼门口全是人,一个家属也不让进,站着干等了两个小时头有点晕,才想起来早饭没吃估计低血糖了。这几年渐渐感受到"二十五岁之后身体走下坡路"之说似乎有那么点道理，母亲发来的养生微信我偶尔也点进去看看。又问门口值班室几点能进，回说今天共有三十几台手术等着做，轮到手术的进，没轮到的下午三点探病时间到了统一进。我渐渐感到烦躁，这种无序让人不知道应该怪北京还是怪医院。

老陈打电话让我偷偷溜进去的时候已经快十二点了，我说怎么偷偷啊，没办法偷偷！我焦躁到忘了饿。隔了一会儿老陈出现在门口，对看门的护士说："我让我姑娘拿几个水果出来。"然后扯着我的袖口径直往里走，没管护士在身后说："谁让你进去了？拿完赶紧出来！"

进病房老陈就开始抱怨医院不人性化，就算手术多也应该规划好时间段，不能让家属白等。完了又数落我："在这儿你还打算发扬社会主义精神啊？我不拉你进来你打算等到下午，等到晚上？"

"你今天手术，要保持心情愉悦。"我没告诉他在上海排队已经习惯了。

周叔叔今天没看剧，干坐着不知道在想什么，我拿着果篮过去问："吃水果吗叔叔？这儿有火龙果、香蕉。菠萝我不会削就算了哈。"

"谢谢你小陈，你们吃你们的。"周叔叔今天话少，但仍旧笑眯眯的。

"哎，好。"忘了第一天就问过他同样的问题，糖尿病这些都不能吃。我有点没意思地把果篮放回原处。

不知道是不是低血糖的原因，今天心里一直突突地跳，从坐进病房开始手上就没想闲着，总想干点什么，这样护士突然进来通知手术的时候才不至于大脑空白。早安慰过自己很多遍了，说到底无非是个检查心血管堵塞程度的微创手术，堵得严重的话就随即放支架，支架选进口的，术前协议里都选好了。这种手术这家医院简直再熟练不过，应该可以放心。不放心的是老陈，一边担心放支架有副作用，一边担心如果堵塞不到需要放支架的程度，要不要坚持硬放一个，因为有几个朋友是这么建议的。我有点听不下去："有医生不问，你问朋友？你朋友都是干吗的个个这么有经验？"父辈的衰老令人心疼，也让人感到疲惫，不知道到底应不应该去试图纠正。

"不是我不相信医生……"老陈明显没什么底气，"只是他们……"他不再往下说了，心脏病加肺气肿让他每一分钟都担心死亡，他现在不敢把自己托付给任何人。问他看书吗？他摇摇头，又摇摇手，双重否定。他平日里号召读书益智怡情时很是得意,关键时刻这些精神食粮却无法消解他哪怕一丝恐惧。周卓然是如何做到那样洒脱的呢?此时忽然很想钻进他的身体里感受一下。"手术,谁这辈子还不经历个一二三四场呢?只是时间早晚罢了!"他会这么说吧?但我不敢这么安慰老陈。

卓然来的时候是下午三点了,排在老陈前面还有十几台手术。他来了之后就闪进医生办公室,两小时没有出来。这期间老陈的意志力愈加薄弱,几次对我欲言又止,饭也第一次没有吃完。后来他独自出去走了一圈,回来后悄悄跟我说:"发了条信息给你,你注意看看。"又补充,"也发给你妈了。"

我打开手机,发现他在微信上发来一张图片,上面写着一些亲戚和他朋友的名字,后面跟着些数字。都是他借出去的钱。信息里还说,他手上已没什么存款,所以住院时交的六万块押金其中有一万是跟三叔借的。但他有不少钱借给了别人,让我知晓此事,未来可以讨回。

我拿着手机不知道怎么回,看着上面的数字,是他这些年用旖旎风光换来的游戏币,他竟然在这种时刻把兑奖券交给我。我突然理解了周卓然旁观我用力过猛的滑稽时是什么心情。

我试图用云淡风轻来嘲笑他的郑重其事:"还以为我是富豪之女,你这还不够在上海买半套房呢。"

老陈也顺势笑了一下,但立即收住了,怔怔地看着我,似乎有一点请求地说:"你也可以分一点儿给你姐姐。"

我回之以郑重,说好。心想卓然又错失一个难逢的场景没能拍下来,可惜了。

周卓然此刻显然顾不上观看我们的表演,关于周叔叔的病情讨论会正艰涩推进。昨天说主治医生今天下午就到,但夕阳落山时他还等在小房间里,和几个年轻医生进行着无关痛痒的谈话。"又说明天一早才出解决方案,那我今晚就睡这儿等了。"中途他回到病房时这么告诉周叔叔,又看看我说,"没事儿。"

我其实很想告诉他,他几乎是我见过最松弛的人了,也许也是最笔挺和坚毅的。但我什么也没说,我后悔自己什么也没说。


老陈被推进手术室已经是凌晨一点。后面还有两个病人今天等了一天也上不了手术台。"作孽啊,"朋友说,"做完你们就收工了。"

卓然陪我等在手术室外,夜里这儿似乎更像一间简陋的电影院,正前方有块小液晶屏播放着字幕,浅绿色的连排椅铺满整个大厅,零散坐着一些眼睛直勾勾盯着前方但面露疲态的人。老陈进去没一会儿,突然大喊我的名字。我跑过去问怎么了,他隔着玻璃,手臂上还插着针,大声说:"我要喝水!"

我把水递给他。

他喝完,指着手术室里间说:"那里面……有恐怖的画面!"

我大概明白他说的是彩超仪器上显示的东西。他很焦灼,显然不知道透过玻璃下方的扬声器,他的话让所有深夜里的"观影人"为之一振,迸发出爆笑。我像塞录影带一样把他推回去。

"你们男人啊,有时候,实在是烂透了。"坐回连排椅上我对周卓然说,"但有时候……不得不承认,也有一点可爱。"

周卓然看看我,把手伸过来,放在我的肩膀上。

他手上还有刚抽完烟的味道,我刚才也破例抽了两根。有朋友告诉我快乐和难过的时候他都想抽烟,我无法体会,我是因为某个男朋友才学会的抽烟,后来再也没有爱过这件事。但今天卓然递烟过来我还是接了,薄荷爆珠让我在北京的夜风里冷静了一些。我告诉他，小时候觉得城市和城市肯定很不一样，才去了上海。但此时此刻的北京让我觉得，原来每个城市的夜晚都是一样的，昏黄路灯，穿驰的破车，街边立着小炒店与各怀心事抽烟的人，路灯下的影子是一样的瘦弱、沉默寡言。

不到十五分钟老陈被推出来了，他在轮椅上瞪着无辜的圆眼睛，没跟我说上话就被医护人员径直推上电梯。身后有医生的声音经过，"只堵了百分之五十，不用放支架"。

我的心和周卓然的手一起放了下来。

7

这几乎是我们没料到的结果，像一些前奏冗长的电影，在意外之处轻松地结束了。回到房间老陈体态和神情骤然变轻盈，抑制不住欢欣，把周叔叔也闹了起来。听完医嘱他很快入睡，和前些个失眠的晚上截然不同。我还没恍过神来，定了闹钟呆坐在床边。医生说每两小时需要给止血带放一次气，把病人叫醒喝水，帮他尽快排尿。周卓然躺在墙边的折叠床上，因为明早的专家会诊，医生这次没有拒绝他留宿。黑暗里两只手机屏幕忽明忽暗，老人们睡了，我们不敢多话，但也都没有睡。

老陈醒来踉跄地要上厕所。扶他进去准备帮他脱裤子的时候，我停了下来。即便是特殊时期，我也没做好要面对父亲裸体的心理准备。我让他等一下，尴尬地退了出来，立在卓然身边很小声地发出请求："那个……"卓然像早已知道我要说什么，放下手机说："我来吧。"跟进厕所把门关上了。

后来想想，那可能是我第一次在他面前承认，自己有些事是真的搞不定，没有硬撑。向他承认了以后也觉得没什么。老陈起夜频繁，每次都要周卓然跟去，周叔叔睡得格外浅，也总被吵醒，我在抱歉感中撑过一夜。

早上八点多拔掉止血带，医院就通知我速速办理出院手续，老陈说手臂疼了一晚没睡好，但医院给不了他更多休养时间，床位要腾给其他病人。我只好去办出院，订让他休息的酒店和回程车票。再回来时，老陈已徒手将床铺和行李收拾好，双肩包背在肩上，整装待发的样子。说医生过来催了三次了。"这破北京破医院，再也不来了。"他骂人时明显已有了中气。

隔壁床铺空空如也，我问周叔叔去哪里了。老陈放下叉腰的双手，侧了侧头，说："换到隔壁单人房了。刚才会诊结果出来,他有点严重,堵到百分之九十五以上,支架不能放,搭桥也做不了,医院说可能得让他回家等。"

我感到震惊:"等什么?"

老陈没回答。

医生又过来催促,问怎么还没走。老陈捂着胸口说:"我都要被他们气到再次住院了。"

我提过他手里的行李,说:"走吧。"双肩包他执意要背在身上,说自己没问题。还有大半篮水果倚在墙角,他说不要了,反正你周叔叔也吃不了。

在隔壁房间没看到卓然,周叔叔一个人站在床边,提着暖水瓶缓缓地往杯里倒热水。窗帘角从地面轻轻荡起,整个房间发着珍珠蚌壳般白色的哑光,一如我来到这里的第一天。我站在门口说:"叔叔,我们得走了。"他扭过身子,手里还拿着水壶,很简短地回应我说:"哎。"

我想我们都不知道还要说什么多余的话,还能说什么多余的话。不想显得唐突而虚伪,于是我只好说:"再见,周叔叔。"

出来我就挤到老陈身边,推他:"你也不进去打声招呼,相处了这么多天,你怎么这么冷漠。"

老陈说:"哎,男人之间,用不着。"

走了两步他拐回房间，把墙角那筐果篮提到我面前：
"这还有个菠萝，你给老周拿去，放在床头，闻着有香味。"

我捧着菠萝又返回周叔叔的房间，说："我爸让给您放床头，挺香的。这回……我们是真走了。"

周叔叔终于露出笑意说："谢谢你爸，再见，小陈。"

路过每一间房我都试图往里面望，终于在问诊处旁的办公室看到周卓然。他抱臂站在一圈医生对面，像被U形磁铁吸住的一块金属。他们在争论着什么，他脸上明显有恼怒、困惑，以及沉甸甸的沮丧。那是本应该出现在我脸上的表情。我有些吃惊，这些天我都没见过他这个样子。想起昨夜我在黑暗里看见他走出厕所熟练地帮老陈整理衣服，问他到底在医院经历过什么，可不可以跟我说一说。我开始想知道他过去的事情了。他轻声回我："过完明天。"

我停下来敲门，从身后拍了一下他肩膀，惊讶地发现他的身体僵直，很像一块冻硬的牛皮软糖。我小声说："我走了。"他诧异地扭过身子看着我，没反应过来一样。我又说了一遍，"我们走啦。"

我其实也想过要不要给他一个拥抱，但又觉得大约没什么用处，于是摇摇手，在他的注视下关上了门。

　　走出一楼大厅，迎面是面露焦灼的奔流的人群。医院和寺庙的盛景好像都在午饭前。我打算一会儿带老陈去川菜馆，正经堂吃一次西红柿鸡蛋炒刀削，想必他吃开心了还会得意忘形地讨两口酒喝，那必然要拦下。

　　户外十点已经能感受到北方日晒的严酷，立体透亮的云层在头顶轻轻震颤，视线也发生微小的扭曲和变形。布满微尘的干燥空气冲入鼻孔，竟和中学时课间午睡醒来后嗅到的是一样的。大概有了那样的记忆，一瞬间总觉得接下来还有很多堂课要挨。头顶杨树叶的摩挲声似乎独属于北方，很久没有听到过了，总之上海是没有的。但我即将要离开，不知这些远溯的记忆，连同刚才匆匆告别过的人，下次偶遇将会是什么时候。

[全书完]

**贺伊曼**

1990年出生于河南新乡,现居上海。当过编辑,如今经营餐厅和酒馆。

小说散见于《萌芽》《小说界》、"ONE·一个 App"等。

## 馆子

| 产品经理：熊悦妍 | 特约编辑：一　言 | 封面插画：卤　猫 |
|---|---|---|
| 封面设计：TOPIC DESIGN | 版式设计：吴偲靓 | 责任印制：刘　淼 |
| 技术编辑：朱君君 | 监　　制：何　娜 | 出 品 人：王　誉 |

图书在版编目（CIP）数据

馆子 / 贺伊曼著. -- 成都：四川文艺出版社，
2021.7
ISBN 978-7-5411-6078-3

Ⅰ.①馆… Ⅱ.①贺… Ⅲ.①短篇小说－小说集－中国－当代 Ⅳ.①I247.7

中国版本图书馆 CIP 数据核字 (2021) 第 136372 号

GUANZI
# 馆子
贺伊曼 著

| 出 品 人 | 张庆宁 |
| --- | --- |
| 责任编辑 | 邓　敏 |
| 装帧设计 | TOPIC DESIGN |
| 责任校对 | 汪　平 |
| 出版发行 | 四川文艺出版社（成都市槐树街 2 号） |
| 网　　址 | www.scwys.com |
| 电　　话 | 028-86259287（发行部）　028-86259303（编辑部） |
| 传　　真 | 028-86259306 |
| 印　　刷 | 北京盛通印刷股份有限公司 |
| 成品尺寸 | 127mm×184mm |
| 开　　本 | 32 开 |
| 印　　张 | 8 |
| 印　　数 | 1—10,000 |
| 字　　数 | 130 千 |
| 版　　次 | 2021 年 7 月第一版 |
| 印　　次 | 2021 年 7 月第一次印刷 |
| 书　　号 | ISBN 978-7-5411-6078-3 |
| 定　　价 | 49.80 元 |

版权所有·侵权必究。如有质量问题，请与本公司图书销售中心联系调换。021-52936900